栖溪词叙

卫军英◎著

首都经济贸易大学出版社
Capital University of Economics and Business Press
· 北京 ·

图书在版编目（CIP）数据

栖溪词叙/卫军英著．--北京：首都经济贸易大学出版社，2021.11

ISBN 978-7-5638-3317-7

Ⅰ．①栖…　Ⅱ．①卫…　Ⅲ．①诗词—作品集—中国—现代　Ⅳ．①I227

中国版本图书馆 CIP 数据核字（2021）第 249756 号

栖溪词叙

QIXI CIXU

卫军英　著

责任编辑　胡　兰

封面设计　传城文化　进子

出版发行　首都经济贸易大学出版社

地　　址　北京市朝阳区红庙（邮编 100026）

电　　话　（010）65976483　65065761　65071505（传真）

网　　址　http://www.sjmcb.com

E-mail　publish@cueb.edu.cn

经　　销　全国新华书店

照　　排　北京砚祥志远激光照排技术有限公司

印　　刷　唐山玺诚印务有限公司

成品尺寸　150 毫米×220 毫米　1/16

字　　数　250 千字

印　　张　24

版　　次　2021 年 11 月第 1 版　2021 年 11 月第 1 次印刷

书　　号　ISBN 978-7-5638-3317-7

定　　价　80.00 元

前　言

王静安先生尝谓“词之为体，要眇宜修”，显然这是他对词这种体裁创作特点的概括，认为词是一种幽美婉丽的表现方式。所以他又进一步说词在内容表达上“能言诗之所不能言，而不能尽言诗之所能言”。静安先生的《人间词话》，我在年轻时就熟读能背，它不仅引导了我最初学词的认知，也很大程度上影响了我后来填词的取向。早年初涉词学，气性方刚最慕苏辛豪阔，所以也喜欢作豪迈放旷之语，然笔力有所不及，则难免也如南宋后期辛派词人一般，陷于粗犷之中。待中年之后渐趋沉静，方始领会到辛弃疾那种深挚的情致，乃知大词人是模仿不来的，正如王国维先生说的：“东坡之词旷，稼轩之词豪。无二人之胸襟而学其词，犹东施之效捧心也。”

人的天性中有一种回归自然的渴望。大凡寄情山水，并喜欢以诗词表达情怀的人，往往不失赤子之心。难怪静安先生谈宋词，于辛弃疾之外独赏北宋诸人。正是因为有了这种赤子之心，虽然才情比之于苏辛有所不逮，但却天性使然地冥合了词之渊薮，这也很能说明我渐而推重柳永、淮海、白石诸人的原因所在。或许这既是词体本身特点所致，也是人生秋色偏爱风花雪月的某种自觉。多年来以词这种严格限制的长短句为主体，表达自己的思想和情怀，有时也不免生出些难以尽兴之感，尤其是在抒情或叙事之时，词体特有的那种章法和表达方式，似乎终归有一些“隔”的限制。好在染指既久，这种“隔”亦如晨雾轻烟般地散去，最后变成了属于自己的表达风格。于是我便坚信，填词一定要从五代北宋词人入，又需从南宋词人出，既维护词本身要眇宜修的形态，又尽可能表达率然真性的情怀。中国文学史上诗歌体裁的演变，虽然代有兴替，但是每种形式都有其臻于完美的摹本，欲以此种方式有所寄托，最好就是继承其已经成熟的艺术范式。尚以词寄托艺术人生，能入乎其内，又能出乎其外，游刃于法度之间，俯仰自得，岂非乐哉？是以集近年来诗词之作，观之或写意抒情，或吟物纪事，皆为人生写照，寓于长调短韵也。

书以“栖溪”名之，栖溪之溪，自然是指西溪。杭州的西城西溪，基本上勾画出了我多年来的生活半径，也是心灵寄寓所在。每篇诗词前后，或有小序，或为附记，皆略叙其事，可目之为诗词之补充，因命之以“词叙”。向所叙者，虽一己之微行，似不足以为道；然大千世界，芸芸众生，平淡之间，正可见人生之真也。如是这般，亦不失为效古成新，用诗词来叙写人生的一种尝试。本集是自《栖溪风月》之后，我所编定的第三本诗词集，其间《最后的风华绝代》一本，虽杂以文史随笔，然多收录诗词作品。现在回眸审视，如果说早前作品所表达的，还是沉浸于日常工作中对风花雪月的向往，那么近年来的诗词，则宛然有心性超脱之感。这不仅与个人年纪、阅历和生活寄许有关，也得益于近瞻佛教、接触高僧大德之后，俗世的烟火气似乎更净化掉了些。我的知识架构和人生体验，顺理成章地在自己的精神世界中，建构出一个儒释道相融的社会人生观照体系，其间不乏孔孟执着的仁者情怀，又兼老庄的真朴无为，还有佛禅的寂寞空无。所有这些都伴随天然禀赋反映到创作之中，决定了诗词所表达的内容和表现特征。可以说正因为怀有赤子之心，举凡自然界的风花雪月，以及佛教禅宗的空怀虚无，都自然而然地转化为诗词中空灵散淡的意象表达与境界生成。诚然，人不可能完全脱离世俗凡尘，但是当其向往诗意人生，努力为自己建构一个诗词世界，并试图通过知行合一追求由内而外的践行时，那种真朴的体验就会自然而然地流露。

昭明太子萧统在《陶渊明集序》中，谓其“论怀抱旷而且真”，所谓真，用庄子的话说，就是“精诚之至也”，“所以受于天也，自然不可易也”。王国维先生讲到李后主词时也说：“主观之诗人，不必多阅世。阅世愈浅，则其性情愈真。”他以“境界”论词，谓“词以境界为最上。有境界则自成高格，自有名句”，更认为“境界有大小，不以是而分优劣”。词如此，人又何尝不是如此？我曾以孟子语谓友人：“充实之谓美，充实而有光辉之谓大。”在心为志，发言为诗，把这种尚乎真情的精神建构，体现为观照物象的诗词创作，本身就是互融和彼此促进的过程。何况个体处在充满无奈的现实之中，也许正是因为有了这一切，才可能如钟嵘《诗品》中所说的那样，渐趋于“忘其鄙近，自致远大”。

集中所收之什共计340篇，其中有长短句265首，诗75首以近体律绝为主兼有古体，皆作于2017年至2020年间。序以写作先后为次，在时间轴线上，正与前面两本集子相衔接。但与先前全面辑录不同的是，四年所作编定之际，不仅没有收录那些随手戏作，而且对自己不甚满意者也多有删削，所删者达百余篇。其存于编中者，大多表达了自己的心性，或是具有相应的叙事和记述需要。编定之际乃作回顾，前面两集八年所作共得450余篇，至今合计十三年有余也不过800来篇，比之于陆游的所谓“六十年间万首诗”，还相差甚远，善哉先贤，其为勉力乎。是审读一毕，甫就小序，按卷浩然长叹：唯吾真诚，爱吾风月，情归自然，境于空寂。斯亦诗与人生之致也。

卫军英

2021年秋露来时

序于栖溪阁

目录

· 目录 ·

目录

·目录·

· 目 录 ·

目录

·目录·

目录

目录

·目录·

目录

· 目录 ·

目录

· 目录 ·

目录

·目录·

东风第一枝二首　绿萼梅韵

2017. 01. 28

金鸡啼晓，丁酉初临。日前灵峰探梅，幸逢绿萼，梅中极品，寄思萦怀，且寓心性。佳节聊表祝福。惟我友朋，东风新瑞，康乐顺遂。前词写于除夕日，年初一偕舍妹一家驱车黄公望隐居处，沿富春江边乡野小路，行至江边公园见有江梅绽放，淡雅清香。归来依陆放翁“当年走马锦城西，曾为梅花醉似泥”韵成绝句一首：“梅花忆取锦城西，记得放翁醉似泥。元日春江花又见，归来夜梦入西溪。”意犹未尽，再作长短句。

其一　绿萼

瘦骨凌寒，清香入梦，萦怀总在深处。
问声梅韵何如，恰是绮窗影疏。
凭谁寄语，但相约、灵峰如故。
便惹得、一夜相思，辗转枕边无数。

逸致远、孤芳几许？还道是、平生抱负。
任她枝簇红云，雪质未争肌素。
悄然绿萼，独自向、篱边微度。

算禀性、不谙尘寰，只待月华回顾。

其二　梅韵

横影疏枝，东风第一，沉吟意蕴何倦。
为君着意徘徊，白净红深绿浅。
临溪伴雪，任孤野、含香轻绽。
洒落处、独自风流，寂寞不需冠冕。

逸韵在、莫争绚烂。倚瘦骨、冬来春返。
羞见桃李夭夭，未必落红片片。
寒霜雪雨，但留得、此身长健。
再回首、浅笑依然，默默素怀无限。

七律　佛国听禅

2017.02.08

气象预报今日轻雪，适午后灵隐寺拜会方丈，原以为可以风雪古刹，不料只有细雨春寒。不过寺院里的梅花，倒是在雨中显得格外动人。大和尚也是极忙，一拨拨的人都不及休息。静坐与几位法师随聊，待到与大和尚谈及东南佛国事情，眼见得天色已晚，窗外黛山隐形，梅影婆娑。夜归随作律诗一首。

料峭春寒细雨斜，云林山寺问梅花。
瘦枝浅影香襟袖，兰若空怀冷袈裟。
佛国编成千古事，僧庐静坐一杯茶。
听禅方丈轩窗晚，回目拈花是际涯。

疏影　上元夜孤山梅约

2017. 02. 11

正月十五晚餐，偶入城外老蔡家，因想唐人张旭古诗帖云：“应逐上元酒，同来访蔡家。”近年每逢今日都要填词，十五月圆正当梅花，便一直想月色梅花。是夜向孤山林和靖种梅养鹤处，暗香浮动，疏影横斜，寒光玉辉，别有意会。

孤山夜月。向林和靖处，相映如雪。
浅影疏枝，幽径斜桥，盈盈暗香清绝。
鹤随人去成追忆，便寥落、元宵佳节。
且幸他、处士风流，留得一湖清澈。

斟酌梅花旧事，恰寒光冷色，莹玉冰洁。
寂寞长怀，逸韵如风，漫道千般郁结。
都将世事随波去，原本是、少圆多缺。
且自在、明月相随，任性也无须说。

七律　料峭春夜遇冬桂

2017. 02. 18

“雨水”在二十四节气中容易被忽略。料峭春寒，夜步忽见有冬桂，不似秋桂那般清香沁人，也不如梅花那样受人追捧，一如雨水这个节气。想到陆游的诗：“世味年来薄似纱，谁令骑马客京华。小楼一夜听春雨，深巷明朝卖杏花。”忽生联想，也叠放翁原韵有作。

雨水随来夜似纱，春寒寂寞误繁华。
吾从野鹤田园客，卿本仙婕帐中花。
润物无声双颊泪，萦怀有忆一杯茶。
可怜孤影身何寄，且幸还归楚楚家。

千秋岁　天有长乐仙境

2017. 03. 05

《古诗十九首》有道：“生年不满百，常怀千岁忧。”真的摆脱尘世苦难，也许是一种永恒的快乐。家父辞归七日已过，冀在天之灵祥和。兹依秦观《千秋岁》原韵，作归仙词一首。

九霄云外，应是春寒退。
柳飞絮，琼花碎。
朝晖清露洒，虹影飘罗带。
归天阙，晏然欢笑长相对。

尘世疏嘉会，舛命同华盖。
游仙境，何须在。
别来都忘却，从此流年改。
休思忆，东风有意连沧海。

锦堂春慢　花开花落幻亦真

2017.03.30

晨看窗外细雨，楼下樱花粲然，时有片片飞落，仿佛提醒暮春。日间樱花在晨雨中繁枝轻盈，兼夜色来临，灯光下晶莹如雪。世事人生，回归现实便千般无奈，不能太执着，此事古难全。屈原既放，游于江潭，尚不自知；而庄生一梦，栩栩然蝴蝶也，这才是物化境界。

轻雨如丝，尘怀缭乱，飞樱飘坠阑珊。
晨眼蒙眬清晓，莫辨尧天。
世事万般萦绕，又是花落流年。
遣情伤恨处，欲诉何人，游目无端。

觉来茫然虚幻，尽浮光掠影，缥缈云烟。
便若庄生蝶梦，梦里翩翩。
况有春风相约，任性情、一霎流连。
抛却千般牵系，偶向空无，自在心安。

律诗二首　性情出入僧俗间

2017.03.31

每日出入几个话语体系，上午写营销传播书稿，下午则佛国对话光泉方丈，想象白居易冷泉亭上枕卧茶香，灵隐山下远望韬光禅师的情景。归来潦草七律一首。次日清早醒来回思，白居易尝写："东南山水，余杭郡为最。就郡言，灵隐寺为尤。由寺观，冷泉亭为甲。"再随吟一绝。

一

云林落照僧庐晚，黛色含窗浅茗清。
梵室禅师心淡泊，香山居士意逢迎。
红尘出入三分利，绿野归怀一世名。
寺外冷泉空寂寞，郡亭何处写闲情。

二

红尘利禄尽成空，但有文章享令名。
州牧不知何处去，寺门长忆冷泉亭。

锦堂春慢　书成樱花还依旧

2017.04.02

《整合营销传播理论与实务》第四版修订，拖延了五年多时间，此番大改紧迫。昨夜因为一个脚注的引用页码，翻遍书柜不见原书，隐约记得是邵老师十多年前从台湾带回的一本。可怜读书人辛苦著述，不知书成又有几人读。且幸此书出版11年，发行逾10万册。梦醒晨晖透过窗帘，知是清明时节，旁莲花港河细柳垂丝，楼下的樱花竟然依旧绽放。依司马光《锦堂春慢》叠韵一首。

眠醒高床，清明宿梦，莲河柳细风斜。
宛转莺声呼唤，幔染晨霞。
早是枕边还忆，不知窗外樱花。
相伴成著述，一页书香，坠入诗家。

但凭春风词笔，道书生意气，写尽年华。
书竟何人读也，此意堪嗟。
任是青衫不语，泪湿处、谁诉琵琶。
却倩飞花存问，寄我心怀，漫卷天涯。

雨中花慢　西向山深有朵云

2017. 04. 10

西出杭城约二十五公里，有白云村朵云场。驱车曲径深处，四围青山，远隔尘嚣。蒙莉君相召，师友诸人欢聚。双休日校对书稿，头晕眼花，此处谈笑风生，自然怡心。回想细雨沾衣，迤逦田园亦人生之志趣。

偕朵云飘归处，问是何人，梦里桃源。
但有道边花树，曲径蜿蜒。
沾雨风清，凝潭水碧，薄雾轻峦。
更迤逦笑语，蔬莓染袂，尽惹流连。

浮尘远隔，空怀葱翠，洒落浊酒尊前。
名与利、且将抛却，一任田园。
怜取春风渐老，还余几许悠闲？
趁青山在，宿云相伴，不负流年。

水龙吟　杨柳飞絮胡太后

2017. 04. 17

多年前曾有意要写关于北魏胡太后的文字，却一直没有动笔。今日见杨花飘絮，忆及此事，又想到苏轼次韵章质夫咏杨花之《水龙吟》（似花还似非花），其中有道：“细看来，不是杨花，点点是离人泪。”王国维谓次韵而似原唱，原唱却似和韵。我今便步苏轼韵，写胡太后之事也。

东风不系杨花，任她弱质从楼坠。
浮尘远陌，飘零近渚，难抛相思。
宿梦无言，向谁呼唤，月羞花闭。
不知天涯路，郎行何处，枕边倚，无由起。

别后云鬟缭乱，想容颜，遗情难缀。
萦怀夜月，冷清宫苑，徘徊心碎。
傅粉残妆，玉肌憔悴，贮愁如水。
对闺厢、柳絮还沾凤臆，遣君珠泪。

附记

南北朝时北魏太后胡充华，史书上写她淫乱无比，我却不以为然。这女子美貌有才，曾经临朝听政。守寡后喜欢过小叔子，又宠幸过北魏名将杨大眼之子杨白华。其实这都是人之常情，她28岁便守寡，美貌多情，做太后执朝柄又不能随便改嫁，若是没有喜欢的男人反而不符合人性。史书上说杨白华因此事惧祸，后来投奔南朝梁，胡太后因之写了一首诗，不事雕饰而自有真情："阳春二三月，杨柳齐作花。春风一夜入闺闼，杨花飘荡落南家。含情出户脚无力，拾得杨花泪沾臆。秋去春还双燕子，愿衔杨花入窠里。"

我思忖史书贬她大多是因她敢爱敢恨，也跟这女人两度执掌朝柄有关。要掌权就得杀人，所以在淫乱之外，又给她戴上顶残暴的帽子。其实这女子有貌有才生在书香门第，棋琴书画都颇为精通，射箭也很是了得，还喜欢和那些尚武的男人们掰手腕。有了这么多本事，又不肯低调，自然要被男人们痛恨，所以最后被权将尔朱荣沉入黄河而死，还要被写历史的男人们给贬低一通。应该为她翻案一下，敢爱敢恨有真情，多才多艺多权谋，也算是个性解放的先驱。诗也写得好，只一首《杨白华》便文学史上留名。难得的是还和东南佛国扯上点关系，她曾经在洛阳大兴佛寺，并委派惠生、宋云西域取经直抵印度，求得大乘经典一百七十部，这是佛教东渐的历史大事。

七律　横山诗吟柳如是

2017. 05. 17

柳如是乃“秦淮八艳”之首，陈寅恪先生晚作《柳如是别传》，称许其“独立之精神”。而如是之名，也取自我喜欢的稼轩词名句：“我见青山多妩媚，料青山见我应如是。”明末清初风雨飘摇之际，柳如是虽出于风尘，其才情气节却超迈士大夫，最终缕帛结项自尽，展示了不肯苟全的清高节义。钱谦益《横山江氏书楼》有记，曾偕柳如是小住横山草堂。近来多往还十里横山，清溪不绝，青山永恒。吾最喜崖上一排古松，想必当年柳如是也曾目睹。罗袜芳尘，兰香琴诗，今且为之歌。

崖上苍松看逝川，横山十里忆婵娟。
香尘罗袜生芳草，雅韵琴台蓄素弦。
碧玉秦淮空照影，红妆社稷与谁怜。
流云一抹垂千古，犹是江南柳如烟。

大酺　夏雨之夜遣词

2017.05.23

因为27年前曾著文赏析周邦彦所作春雨之词，便记住了《大酺》这个生僻的词牌。大凡古人少填的些词牌，往往也是格律音韵不易措辞的。数日无词，今夜夏雨，聊以此调依周美成韵为作。

夜雨如织，高楼上，孤坐轩窗书屋。
垂帘灯影深，任空怀无绪，几多心触。
别来春风，还入夏满，当是梅黄初熟。
曾经怜飞絮，闲愁随烟草，怅然幽独。
想清波山外，与谁相伴，绿云修竹。

红尘何免俗。正纷乱、喧声杂车毂。
漫道是、东篱寻酒，卫玠清谈，广陵弦、嵇康游目。
笑傲江湖处，还记得、倾身邦国。
叹今古，嗟荣辱。黯然伤楚，遗恨长歌当哭。
雨沾湿枇杷曲。

西江月　端午感事

2017. 05. 27

近来不知何故有一种莫名的抑郁。先前还说是只有笔是属于自己的，现在也值得怀疑。所谓我手写我思也不现实。就这样一点点消磨，偶尔会感觉胸闷不适想休息。前日蓦然发现，不知何时办公室多了盆绿萝，这象征生命自由呼吸的植物，似乎给疲惫的生活带来一丝宽慰。宿夜难眠，恰端午时节，思及屈原。世事烟波，举世皆浊君独清。汨罗东流，重山雾岚，便收拾缥缈之思，感慨万千且填词。

夜色苍茫似水，宿思飘渺微澜。
几回灯影照无眠，谁信澄江如练。

漫道涌流东去，楚山沉雾云峦。
蓦怀屈子忆风烟，端午龙舟片段。

七律　端午

2017.05.29

门衔艾草染蒲香，一叶青芜粽子黄。
绿树盈窗临孟夏，白云入目是端阳。
苍天有意怜人事，节日无须感国殇。
但寄重洋千万里，吟歌短韵伴诗长。

附记

据闻一多先生考证，端午来历和屈原并没有关系。端午习俗原本乃古代百越人，夏日正阳之时祈福龙图腾的仪式，起始时间远早于屈原时代，而祭奠屈原之说则始于南朝的吴均。胡适则考证历史上根本没有屈原此人，完全是司马迁杂采传说所杜撰。屈原和端午节的联系流传甚广，我曾很不理解，祭祀诗人本应沉痛，为何却是龙舟竞赛欢庆无比？比较牵强的解释是：粽子扔到水中，是免得三闾大夫的身体被鱼吃掉。端午之际艾草、菖蒲是用来驱虫避邪的，而吃粽子、赛龙舟，都是很喜庆的事情。估计屈原被列为端午节的主角，除了百姓善良的心意，应该也与历代当政者推广有关。忠君爱国是中国政治文化集体有意识和集体无意识的长期积淀。

天香　梦回画与花

2017. 06. 04

放一束花在桌上，连续几日清香。早间梦回，看花旁有海天入画，乃笑谓：家有一幅画，画旁一束花，昨夜暗香来，知是花魂在。沧海碧波，潮生万里，流云入梦，花香沁人。因以填词，调寄《天香》，亦梦亦幻，天然之境。

海纳层云，潮来天际，绿树丛生连岸。
梦里飞花，问她何处，一捏香魂来伴。
属文思远，还道是、碧波兰苑。
寥廓心怀万里，芬芬雅章舒卷。

天涯任凭缱绻，更从容、渺茫空瀚。
清韵书成自许，逸情萧散。
兼有滋兰九畹，洒落处、狂歌也柔曼。
莫道沉浮，风华绚烂。

少年游　新荷初露风华

2017. 06. 09

学院有325位同学今天被授予学位，我的任务是站在台上，把学位证书递到每一位同学手中，动作单调，微笑如一，但很有仪式感。青春出发，填词一首，送给我的“95后”本科学生，还有我的应届毕业研究生。

芙蓉一叶看花枝，雏燕正当飞。
同学相伴，欢歌沉醉，樽酒忍分离。

娉婷欲向天地远，脱颖赋新诗。
寂寞回眸，放怀绚烂，惜取少年时。

琵琶仙　凌波旧碑往事

2017. 06. 10

昨夜决意，今日第一件事便是相约荷花。方入曲院风荷，夏雨飘然而至。好在江南的雨，来去简单。雨中荷花，别有味道。归来凌波香径，临近西湖印象处，有浙江蚕学馆纪念碑，记光绪年间浙江知府林启兴办新学之事。碑文当年系我所撰写，不觉于今七个春秋矣。感叹之余，随韵姜夔《琵琶仙》。此调白石道人自度曲也，写湖州船上偶遇，惹起一番相思。想我与荷花，也是有约经年，又且是碑残荒丛，鬓发沧桑心如雪，寄意荷花不轻别。

摇曳凌波，问何处、碧水连天琼叶。
潇洒微雨来时，一枝愈清绝。
云渐乱、濯涟岸树，绿丛里数声鶗鴂。
倒映天光，仙姿曼妙，都与谁说。

觅香径、风影芳思，正当是萦怀旧时节。
荒草野碑犹在，蓦然知残缺。
还道是、经年世事，鬓发零乱意如雪。
便约相共徘徊，莫言轻别。

七律　夏梦清荷

2017. 06. 11

荷香芳思，意犹未尽。夏梦始觉，却见湘明兄有七律一首，乃次韵再赋芙蓉清景。唯依平水韵略调整，余皆踏原韵。甫就有朋友发来微信调笑曰："是在想夏雨荷吗?"一时记不起夏雨荷何许人也，名字挺熟悉的，想来不是琼瑶阿姨取的，就是甄嬛妹妹那里面的。这名字挺有诗意的，姑且拿来用一下。

凌波出水照清枝，夜月扶风夏梦迟。
画阁亭云涵绿柳，斜桥香径系芳思。
朝云有约何须道，暮雨时来未必奇。
寂寞妆成常顾盼，如何报与那人知。

绕佛阁　禅院独坐

2017. 06. 12

午后灵隐寺见大和尚。聆听光泉法师每有感悟，大和尚赠我《灵隐寺志》，线装一函十本。我谓方丈，待了却俗事，寺院里找个房间看书写佛事，欲作《灵隐天竺传奇》，或百万字亦未可知。从方丈楼出来，却是天空中飘雨纷纷，索性一把伞行遍寺院，然后找个僻静处，独坐填词。《绕佛阁》上八下六凡十四韵，历来难填；此番逐韵相次周邦彦，更是难上加难。

雨轻雾敛。灵隐净院，经阁僧馆。
烟缭香短。与谁对坐，倾谈说书幔。
若虚大满。泉冷寺外，声淡流远。
清气和婉。静音渺渺回头度空岸。

莫道此心倦，缱绻尘思成缕线。
依旧艳如桃花人似面。
剪不断流光，抛却如箭。再无由见。
念几许孤怀，风竹零乱。
寄禅心、任从舒展。

词二首　效依古韵

2017. 06. 20

忆秦娥

忆莲叶。夜来轻雨云遮月。
云遮月。亭亭如盖，不忍分别。

梦回忽觉伤时节。窗前啼鸟何曾绝。
何曾绝。可怜花季，晓风楼阙。

荷花媚·次韵东坡

芙蓉叶何碧，擎青盖、玉立亭亭高格。
思晨曦照影，朦胧夜月，但轻红浅白。

问过客、谁识清风韵，几番临水处，娇羞无力。
花情洁、孤怀寂，莲心惆怅，冷落天香色。

七律　邵慧栖溪诗地图

2017. 06. 27

夜近三更时，看微信群有华东师大传播学博士邵慧，仿研究李白杜甫之诗者，也为我《栖溪风月》做了一幅“诗地图”。观之大喜，尽知诗意人生步履所行矣。想吾诗词之作，虽有京华烟云，黄鹤楼空，中州苍茫，锦城花慢，栖息我风月情怀的，终究还是这片湖山竹径溪桥柳色。邵慧与我似未曾谋面，然知其为邵门传播学世家子弟，始知网名一抹飞白者即是也。余言当以诗相赠，雨季晨兴，窗外鸟鸣，想到王维辋川积雨诗，聊思闲适情怀。

湖山积雨亦空蒙，缥缈溪桥雾霭中。
水面清圆香芰叶，林间婉转鸟鸣声。
栖溪风月随吟处，邵慧兰心写旧踪。
质性自然缘兴致，飞白几笔是芳名。

芰荷香　镜湖厅遇雨

2017. 07. 02

孤山之北有清雪庐，隔湖对望镜湖厅，常与柏湘二君来。临湖接座，南望孤山。忆及昔年岭南才女关燕清至杭州，四人约写《洞仙歌》，于今不觉已七载矣。但指对面玛瑙坡云，北宋诗僧智圆隐修于此，与林和靖为好友，苏轼知杭州，第一件事便是寻访智圆禅师故地。晏笑之间，骤然雨作，一时风起，颇有淋漓痛快之意。相约《芰荷香》词。

问芙蓉。是年年此地，相约重逢。
叶圆水碧，照影翩若惊鸿。
浅杯香茗，对远山、谈笑从容。
闲话古今英雄。放怀芰座，其乐融融。

北向孤山忆清雪，便旧时曾识，来去匆匆。
停云邀月，更几番镜湖厅。
指林和靖，隐庐处、玛瑙诗僧。
洞仙记取琴声。观荷逸兴，骤雨临风。

点绛唇　西城二首

2017.07.05

夜雨西城归来，若有所思，随填《点绛唇》。次日正当小暑，楼下高树蝉声，再填一首。

夜归

一点清愁，西城灯影人归去。
正当风雨。今夜如何许？

缭乱心思，都是关情处。
谁与诉？几多辛苦，无奈浮名误。

夏蝉

高树蝉鸣，黄梅无奈随风去。
布谷残雨。谁将闲情许？

小暑来时，炎夏如何处。
且漫诉。一怀清苦，露重声如故。

眉妩　功名何如画眉

2017.07.09

想从来书史，卷帙陈编，谁为白青眼。
便道风流事，还沽酒、文君轻巧如燕。
柳腰款款。问画眉、君且何感。
是闺阁、缱绻知多少，玉帘隔窗暖。

千古风流云散。往事吹如梦，残片星翰。
纵使功名在，烟尘断、斜阳空系帆缆。
落红万点。写意时、天际悠远。
应携手添香，清韵在、偶然见。

附记

《眉妩》词牌，本自于西汉张敞画眉的故事。少年时读唐诗中有“画眉深浅入时无”的句子，便知道了这个典故。想张敞一生为官，曾为京兆尹，素来正直颇有清名。虽然能力很强，却是个性情中人，所以屈居下僚。张敞每日早上为自家女人画眉，其儿女之情一时之间京中流传，传到皇帝那里。汉宣帝当朝责问，张敞回答道："臣闻闺房之乐，有甚于画眉者。"那意思是说，皇上只需问我国家大事做好没，这种儿女之情你管它干吗？汉宣帝虽爱张敞之才，但张敞终因性情率真并没有得到多少重用。读这段历史突然有所联想，张敞即便是做了宰相，那画眉的历史风韵，估计也要盖过治理国家的功绩。随想司马琴台文君沽酒，阮籍醉卧美人膝，又做青白眼。原来性情更重于功名。因以作《眉妩》。此调古人所用甚少，姜白石、王沂孙虽曾填，但都不能算上乘之作。今步白石原韵，格式则如王碧山。

洞仙歌　暑夜河岸赋洛神

2017. 07. 17

暑夜河岸行步，见诗人老友微谈《洛神赋》。洛神就是陈思王曹植梦里的宓妃。归来联想苏轼《洞仙歌》，写蜀主与花蕊夫人，亦颇有洛神之韵："冰肌玉骨，自清凉无汗，水殿风来暗香满。绣帘开，一点明月窥人，人未寝，欹枕钗横鬓乱。起来携素手，庭户无声，时见疏星渡河汉。试问夜如何？夜已三更，金波淡，玉绳低转。但屈指西风几时来，又不道流年暗中偷换。"且依东坡韵写洛神之事。

飘然洛岸，有晶莹香汗。
蔽月惊鸿绿波满。
恍然兮，皓质芳泽联娟，丹唇启、摇荡佩环声乱。

宓妃魂梦断，罗袜生尘，何况潇湘渡江汉。
道殊人神间，伤感陈思，欲交接，素颜婉转。
怅惘处、凌波去无踪，暑正热、谁知袂风回换。

七律　晚云大暑

2017. 07. 22

节令大暑。前日晚云，口占五言绝句：落日染苍穹，心怀系远空。谁言天色晚，千里暮云红。今日一早又再用七绝叠韵，写完颇觉意犹未尽，再把四句变八句成律诗一首。

写意人生漫碧穹，浮云来去始知空。
早蝉老柳河边树，大暑青萍竹下风。
天命随心天地外，性情生就性根中。
拈花一笑方回首，落照如曦万点红。

谢池春二首　荷花与禅

2017. 08. 01

昨日曦照看荷，归来写永明延寿，夜填词，今日再作。

一　荷花依旧

曦照斜桥，十里荷花依旧。水波清、蝉鸣老柳。
一湖澄碧，潋滟连青岫。算风情、更添娇秀。

浮云有意，笑我近来消瘦。似伤怀、风疏雨骤。
平生有约，与君相厮守。共湖山、棹歌樽酒。

二　曹溪一滴

夜月何人，倚枕词心依旧。想桓公、金城种柳。
树犹如此，况落花云岫。更休言、满湖清秀。

空怀寂寞，夏雨来时风瘦。问谁知、禅机疾骤。
曹溪一滴，又几人能守。纵闲情、不消杯酒。

踏莎行　次韵秦淮海

2017.08.06

栖溪早行，清波绿荷，高树鸣蝉。边走边想些开心故事，也甚是有趣。夜来临睡前，叠秦观原韵作《踏莎行》，然则用情之深，则不及淮海。

绿树清波，蝉声晓渡。重重簇岸荷圆处。
孤亭独立夏风轻，思随水远朝还暮。

梦里溪桥，天然净素。鱼飞鸟语花无数。
晨曦照影伴孤舟，斜阳散尽人归去。

千秋岁引　秋怀宝掌寺

2017.08.08

立秋之日，浦江寻觅千岁宝掌圆寂地。时岩上白云、谷中泉雨。借王安石《千秋岁引》韵相次，一杯淡酒，依然禅心著我书。

宝掌谷幽，仙华一角。
小径清阴入深廓。
秋声有情欲相伴，夏风未肯便流落。
岩边云，庵头雨，宛如昨。

千岁行游无所缚。胜景结庐连寺阁。
往事如烟尽抛却。
只今与谁相对话，浮尘拂去前生约。
一曲词，一盏酒，禅书著。

五律　次韵玛瑙僧

2017. 08. 11

北宋前期杭州多高僧，慈云遵式和孤山智圆都是天台宗，省常圆净大师却是净土宗七祖。宋代高僧每以官事推广佛事，智圆的《赠白莲社主圆净大师》，应该是圆净省常的生活写照："社客尽卿相，草堂云树间。景分庐岳秀，人类远公闲。夜定开明月，秋吟对暮山。唯应谢康乐，时得扣松关。"庐岳远公是比之东晋高僧庐山慧远法师，谢康乐是山水诗鼻祖谢灵运。素来喜欢智圆禅师，但做不到他那么脱俗，只能次韵他一首。

著述穷书卷，徘徊僧俗间。
车喧心亦远，笔疾意犹闲。
孤月吟诗处，松风玛瑙山。
红尘缘未断，一任自然关。

江城子　夜梦东坡

2017. 08. 23

真是千古之梦，昨夜竟梦里相逢苏轼。日间写两宋之交的大慧宗杲，原不关东坡什么事，想来是前天读东坡过涉于其情。醒来欲次韵苏轼《江城子》写梦，惟“十年生死两茫茫”颇觉凄凉，乃取其“凤凰山下雨初晴”逐韵相次。

任从风雨也无晴。晚风清，水波明。
梦里东坡，相见尚丰盈。
回首人生萧瑟处，江浸月，竹娉婷。

弦歌一曲弄瑶筝。愀然情，此中听。
流水高山，千古意空灵。
我欲与君歌赤壁，舟影外，远山青。

满庭芳　集名诸弟子

2017. 08. 26

午后弟子小磊约同门十余人相聚于西湖之青藤。过往数年前后指导研究生约有五十位，当年带的弟子似乎大都从商了，因为文轩执掌蔚来、正涛引领宝马 Mini，于是谈话从汽车开始一波接着一波。小磊凤栖融创；小曾、小雅大学教书兼商务；叶龙带娃做公司；金宇持股送小菜；大学里孟茹、王佳守寒窗；吴倩在读博士挂职平湖一方；超超发声人在香港；蔡璐寓居温哥华，与疏梅同年同月同日生，读书时叫她小双。此翁尚不老，兴趣来时却集名作《满庭芳》。

十数年来，烟波几度，遒文自许轩窗。
龙吟一叶，气概横清江。
小雅疏梅磊落，弦歌处、对镜临妆。
可曾是、涵今茹古，飘逸竞芬芳。

正涛声万里，金风送爽，玉宇云翔。
乘佳气、全无一点苍凉。
倩影超然台上，向谁唤、依璐如双。
犹谈笑、此公未老，待写就兰章。

鹊桥仙　织女叹

2017.08.28

日间一门心思都在写东南佛国，却是写到雪窦寺学禅，后曾住净慈天童等六坐道场的长翁如净。不知天之渐晚，乃夜行疾步，却见有同事小妹有诗云：“一念莲花动，三千弹指谁?”但以为思小郎君也。是为七夕，行步间作《鹊桥仙》词，但为织女而叹。

晚风残暑，朦胧夜月，河汉迢迢无语。
盈盈秋水是何人，相对望、痴男怨女。

玉颜垂泪，娥眉愁蹙，遗恨长天一羽。
浮云咫尺叹孤怀，妾身愿、朝朝暮暮。

七律　题画诗

2017.09.02

雪侵荒原行道远，当涂老树叹身单。
秋风寄意江南日，休作严霜北国天。
世事人生都看惯，临窗斜倚自听蝉。
空怀俱忘无冬夏，且许清茶一味禅。

眼儿媚　浦江葡萄

2017. 09. 03

夜步余杭塘河上，正行间闻永华电话，云自浦江带来新摘葡萄。想日间写禅，夜行清风，此际又当浦江葡萄。恰是日前浦江宝掌，晚风檀宫，似前日又有浦江友人会聚，酌酒一杯。想我禅思无限，尘念不除，且待用宋人张镃写葡萄韵填《眼儿媚》。

河上风清气如丹。
思绪有无间。
浦江千粒，檀宫谁寄，秋露初沣。

短章犹识风流品，紫玉漫青盘。
但思杯酒，悠然禅意，不忘清欢。

满江红　效韵东坡

2017.09.08

晨起独寻西子，入花圃转赵公堤，燕南寄庐却是旧时相识。前日偶然记起东坡《满江红・寄鄂州朱使君寿昌》，“江汉西来，高楼下、葡萄深碧”，是我非常喜欢的句子，且依此韵相次。

雾暗晨阴，一泓水、依然苍碧。
涵绿树、潆湖芳草，几分颜色。
节气轻浮飞白露，江山沉寂终为客。
念秋风、空寄燕南楼，无人说。

苏子传，从头读。高情在，还珍惜。
冷清皆禅意，任从萧瑟。
独笑东坡因底事，衍生一字成疏忽。
正眼前、老柳杳云烟，思如鹤。

七律　韵次高僧道衍

2017. 09. 12

日间写僧迹，及明成祖登位第一功臣姚广孝，即后来曾在朝掌管僧录司的僧人道衍，有谋略又多文才。其尚与另一个高僧季潭宗泐同游镇江北固亭，作诗云：“谯橹年来战血干，烟花犹自半凋残。五州山近朝云乱，万岁楼空夜月寒。江水无潮通铁瓮，野田有路到金坛。萧梁事业今何在，北固青青客倦看。”宗泐闻之道：“这哪像是出家人说的话啊！”道衍笑而不语。此诗气象高远，用典使事堪为上乘。我且次韵。

不觉秋来泪眼干，西风吹皱藕花残。
休言翰墨曾消暑，闻道华堂意又寒。
未许文章成论著，权将故纸作吟坛。
禅心净处空无色，笑我拈花俗眼看。

浣溪沙　大慈山弘一觅踪

2017. 09. 24

日前觅弘一法师旧踪，念及李叔同在声名显赫之际毅然出家，自是放下一生宿累，落得满身自在。是夜故友相逢，又酒趁人意，归来身倦未能成诗。今日稍事弥补。素喜“自在飞花轻似梦，无边丝雨细如愁”，因后面一句“宝帘闲挂小银钩”，总是把秦观与晏几道混淆。今且次韵秦淮海词。

困卧高床倦倚楼，近来心事不关秋。
何当如约觅清幽。

俗世徘徊常有恨，沙门空寂了无愁。
大慈山上月如钩。

桂枝香　桂花秋雨

2017.09.28

秋雨桂花。早晨小区里桂花飘香，一路桂雨清香驱车到学校。雨中独行校园小径，竟是凝香无人。中午意犹未尽，却是雨住，再走一圈再闻一遍。

凝香桂雨。恰柳岸拂风，飘洒榛楚。
幽径丛生草木，几多烟树。
绿云相伴成佳气，便无人、悄然如许。
韵涵高格，蕊成逸品，谁堪偕汝。

更独立、斜桥近处。
念寥落中秋，无限心绪。
思咏天涯，此意远怀千古。
何当举酒邀明月，一樽清芬莫回顾。
棹歌苏子，行吟屈骚，辋川花坞。

齐天乐　禅书续为词

2017. 10. 01

向日写东南佛国人物，前后断续两个半月，同时参阅数十本史籍，汇集两百余万字资料。间有杂事无法写作，其余时间几乎每天伏案写作十个小时。四十余人物主线，一千七百年往事，穿插近百位高僧。书稿初成时，不觉暑尽中秋，夜行问友人词牌，回曰《齐天乐》。恰此调未曾填过，今且为之试手。韵依周邦彦《齐天乐·绿芜凋尽台城路》词，却发现美成词用韵，亦是横跨第七部第十四部，可知宋人用韵宽泛有如当今之新韵。今略改几字以适韵。

桂风吹过芙蓉尽，黄叶渐随秋晚。
不觉蝉鸣，归飞露重，轻别还成思念。
微凉冷簟。问何处花香，四围飘散。
夜月临轩，青灯依旧照书卷。

栖溪谁倚高阁，但从容翰墨，意趣无限。
赤壁文章，天竺禅影，成就清怀素简。
遐思旷远。任倏然西风，岁华流转。
我自吟歌，看花明柳暗。

水调歌头　太湖思范蠡

2017.10.06

湖州看太湖，依宋人苏舜钦《水调歌头》韵。早年读南宋隐居湖州的胡仔《苕溪渔隐丛话》，不知此苕溪与杭州苕溪是否相通。今乃知东西苕溪分别来自临安西天目与安吉东天目，两条河在太湖南边汇流入湖。吴越故地，相传陶朱公范蠡辅佐越王勾践灭吴后，自知"狡兔死走狗烹"，于是携美人西施，片帆消失于茫茫太湖之中。素喜辛词"谁向若耶溪上，倩美人西去"，"至今故国人望，一舸归欤"。湖山历史，片帆如浩瀚一滴。

潇洒太湖岸，遥望淼无山。
沧波千里，多少涵蕴在其间。
浩渺三吴烟雨，隐约菰城遗韵，仿佛远帆还。
苕溪两天目，至此汇流湾。

吴与越，何须论，算等闲。
陶朱老去，西子依旧惜红颜。
芦荻花开几度，笠泽何曾增减，钓客自垂纶。
人世沧桑事，一笑化微澜。

汉宫春　秋风秋雨

2017. 10. 15

原本最喜欢秋天，现今总觉季节变化人有不适。辛弃疾词中有两首《汉宫春》，皆写会稽秋风观雨，素喜其句：“谁向若耶溪上，倩美人西去，麋鹿姑苏？至今故国人望，一舸归欤。”其致深远，今且次韵作《汉宫春·秋雨遐思》。

秋雨来时，更一番景致，渺渺西湖。
苍茫烟笼雾隔，知为谁乎？
浑然世事，一时间、尽付须臾。
犹记取、当时西子，扁舟执手相呼。

却道稼轩未老，有陶庵旧梦，岸柳堤苏。
趁他诗心画意，便赋归欤。
梅园何处，寻孤山、琴瑟笙竽。
争可奈、风寒岁暮，无端啼雀惊乌。

小重山　宿梦难分真与幻

2017.10.19

晨醒，几件事朦胧经过：有两个学术会议、一个大和尚谈话，还有范总范居士什么事，竟不知是真是幻。古人蕉鹿之梦、华胥之事，庄子栩栩然不知蝴蝶也。世事原如一梦，何必如此执着。随作小词，聊且记之。

蕉鹿归时帘幕重。不知天色晓、夜朦胧。
雪泥恍若踏飞鸿。痕何在、来去太匆匆。

还似梦魂中。梦回犹未省、将无同。
庄生问蝶或身躬。华胥事、寥落意如空。

宴清都　湖山谈笑自许

2017. 10. 22

融创陈董约聚湖畔居，对望保俶亭亭，湖上轻舟凌波。放怀性情，虽秋色已至，但觉似陈元龙，意气不除。午后又随龙冠姜总入龙井翁家山，姜总言她龙井茶场，至今六十五年历史，狮龙云虎原本悉出于此。其时品茗登高，颇有点画秋色之意。又陈董言及做点超脱些的策划，谓我似乎也是不甘寂寞者，大概也点到了人性的弱点。词记今日之事，韵入声第十七部。

潇洒何清瑟。浮云远、湖光依旧澄碧。
飘零萍梗，娉婷塔影，潋滟斜日。
悠然放旷轻舟，纵目处、凭栏故国。
又且向、绿野游踪，茶山丛树台级。

龙楼约是何人，风华未老，谈笑长策。
重峦妩媚，登高意气，此时心迹。
临风一任苍发，却偏爱、沉潜秋色。
但与君、茗淡身闲，从容点画。

满江红　东湖何如西湖

2017. 10. 29

鹏翼凌空，凭虚处、茫然苍碧。
犹可见、地分江汉，水成玄色。
日暖舷窗云影乱，淡烟疏楚身为客。
算此地、九载又重来，追传说。

英雄纪，曾经读。曹公事，堪相惜。
况秋风千古，赋诗萧瑟。
太白登楼长叹息，只今鹦鹉犹飘忽。
且随心、信步绕湖行，思黄鹤。

附记

某年武汉高校有问卫老师者云：我们武汉东湖也不比你们杭州西湖差，为什么你们西湖比我们东湖名气大？我是个实心眼的人，顺口答：因为西湖比东湖有文化。众人静默片刻，率尔大笑，笑过便以为是这么回事。记得好多年前曾拜访武汉大学老一辈名家胡国瑞教授，在老先生家里也被问及西湖东湖，我回答说：西湖婉约，东湖清旷。现在想来，二者之别，不唯景致，更在文化。其实东湖也是有故事的，武汉及东湖文化，须和长江及楚文化成为一个完整的故事，才可以相映成趣。飞机上俯瞰江汉，许多历史如涌眼底。次韵苏轼《江汉西来》词作《满江红》一首。

蝶恋花　山行偶及

2017. 11. 01

苍发随风浑不记。往事经年，世路谈何易。
总道斜阳还益睡。未能抛却秋山翠。

洒落文章多少字。寄兴清词，写尽平生意。
自在流云休画计。无关庾信江南泪。

附记

午后秋阳宜人，便唤余诗人出来走走。随行随聊，不觉到得山前。我说起这秦亭山的故事，又指点美女峰所在。因联想起晏几道《蝶恋花》词，又谈及盛唐诗僧寒山子，余君不解为何此人在现代美国诗坛，得嬉皮士垮掉的一代奉为偶像。我素不曾读寒山诗，亦不得其解矣。归来路上还在想晏几道，这大宋朝却是清明，他爹晏殊官拜宰相前后二十多年，老爹去世不久年轻的儿子便戛然流落，最后竟招致入狱。看来他爹这么多年的太平宰相，给他留下来的财产也不算很多。好在少年风流之后的风刀霜剑，倒也成就了小山词的清丽婉约、情感真挚。便依其韵也作一首。

秋色横空　阿育王寺

2017. 11. 13

秋色横空。四围浮画轴，叠岭如嵩。
晴峦列岫间苍翠，扶疏隐约黄红。
清幽径，亘古松。往事远、只今传说中。
冷落斜桥碧水，竹影轻风。

谁识眼前鄮峰。是禅声天外，一点飞鸿。
澹然古刹留空寂，尘世俯仰梵钟。
斑驳处，有遗踪。向此地、匆匆寻慧宗。
自在若随缘，回首再逢。

附记

昨日宁波觅天童寺和阿育王寺，二者皆晋代古刹。宋代定五山十刹，其与杭州径山灵隐净慈诸寺，并列为禅宗之五山。天童寺早些年去过，阿育王寺却是第一次去。慕名阿育王寺，不仅此处有佛祖真身舍利，更在此地之许多名僧踪迹。唐宋以来佛教兴盛，名僧辈出，如盛唐时东渡日本的鉴真和尚，宋代与苏轼一家交往至深的大觉怀琏，影响禅宗发展的大慧宗杲等。可惜此番过于仓促，竟不及悉心感受，便匆匆而返。唯佛国净土，颇觉心有清寂之感。连日辛苦，归欲为诗词而不得。今日见友人填《秋色横空》，此调《钦定词谱》于元代白朴词下注，是元好问因古人词第一句改烛影摇红调，然查元好问之前词人并无此句。白朴系元好问收养大，其词作中既有烛影摇红词牌，又有秋色横空词牌，二者体制颇不同，疑《钦定词谱》所说有误。且依此调。

曲玉管　秋风秋怀

2017. 11. 18

暮雨惊风，寒波渐晚，萧萧落叶何堪赏。
昨夜孤怀残梦，犹道云阳，更怆凉。
太白长歌，猿声秋浦，醉吟白发三千丈。
郁郁琴弦，月冷荒漠寒乡，似凝霜。

寄兴溪山，念多少、流光抛掷。
但从意气文章，襟怀任性疏狂。
素时商。况浮生佳境，寂寞从来幽静。
慢词清调，且向云天，寄与苍茫。

附记

秋色渐晚，难免郁郁情怀。昨日秋雨，竟一时之间不尽怆凉。却是忆及柳永词："陇首云飞，江边日晚，烟波满目凭阑久。"遂想《曲玉管》这个词牌，却是少有人用。大概与其平仄转韵、格律严格、上下片体制殊异有关吧。恰见原杭州大学中文系胡士莹教授，其早年词作有此调自序云："与大樗、驾吾别七年矣，关河间隔，音书寂寥云云。”此词作于20世纪20年代初，于今近百年矣，王驾吾先生是我读书时的中文系主任，大樗前辈却不知何人。遥想前辈学者，当年是何等风致萧散。傍晚匆匆湖边一行，归来乃次胡先生韵。

芙蓉月　枯荷

2017. 11. 19

李商隐诗原是枯荷二字，到了林黛玉那里变成残荷。枯荷本相知，残荷意犹怜。夏日长相约，秋尽魂未散。且以填词，聊寄枯荷之怀。

萧瑟冷苍碧，秋色远、落尽繁华无数。
凋零满目，漫忆芙蓉深处。
青盖亭亭香韵，出水一枝清妩。
傍淡影，照颜容，晓月浅妆轻雾。

斜阳远山暮。更风鸣落叶，湖畔寒树。
思怀旧约，何忍依依憔楚。
寂寞临风消瘦，任愁苦。谁知汝。
魂应在，且徘徊、更相回顾。

惜秋华　银杏

2017.11.25

缥缈清空，恰秋阳、一抹流云飞白。
草木未凋，偏寻此时颜色。
相传万古光华，但天目依然遗迹。
魂质。便无言、韵致浑涵叶脉。

叹绮丽如画。且问东篱下，约桂宫香泽。
超旷处、却散淡，灿然幽寂。
浮生总是匆匆，最念她、远怀畴昔。
堪忆。况秋风、遐思澄碧。

附记

午间做艺术设计的吕老师来讨论书目，言熟悉我学院写诗的才女老师，便叫去食堂吃饭。穿过一片草地，竟不知道校园银杏也如此灿烂，拍照时有学生过来笑曰：这么有趣的老师上课一定好玩。据说这个古老的树种出现于3.45亿年前，大约50万年前地球上的银杏几乎灭绝，仅中国部分地区存余了极少量银杏。如今各地的银杏都是人工栽培的，野生银杏仅存于浙江天目山。忽想到这个古老的树种真了不得，它的秋天，没有东篱菊花那令人膜拜的浮名，也不似蟾宫桂香那样被追捧吟咏，但其深远自然的韵致，却浑涵于叶脉之中。文化本身就是一种记忆和叙事，原诸银杏之思，乃成秋华之词。

临江仙　云栖蝶谷

2017.12.02

云栖久疏，傍晚匆匆一行。暮阴中，忽见枫叶如火。临近小区的梵村，浸润了历史文化的古老记忆。时值中夜，但觉应有小词。

栖云山色天欲暮，蝶园竹影朦胧。
别来幽境觅闲踪。
蓦然回首，霜叶火如枫。

绿树未凋茶径外，经年阅尽残红。
如烟往事旧时风。
梵村犹在，相望有无中。

宴山亭　再赋径山寺

2017. 12. 09

日前匆匆径山寺，归来虽然事情很多，但还是忍不住要填首径山词。昨夜却有著书新创意，此《宴山亭》不同于四年前旧作，纯写寺事兼及径山临济杨岐禅宗之史，有及径山开山之祖法钦禅师，以及大慧宗杲、无准师范、虚堂智愚等高僧大德。

崖道千回，叠峦百转，四载重寻山径。
寒竹野云，饮雪钦僧，知是如何光景。
蓬草鲤鱼，截断处、本来澄净。
荒岭。正简默禅风，立宗梵磬。

东南万寿名刹，自三千弥陀，十方松影。
看话慧宗，淬炼訇然，临济倚谁中兴。
无准清茶，师宴在、虚堂香茗。
参省。人世事、前缘修定。

木兰花慢　慧理开山灵隐

2017. 12. 20

集中以词体写佛僧，似乎尚且未见古人。欲与任平教授合作东南佛国诗词书法，则灵隐开山慧理和尚必写。是时佛法始兴，佛国初度，慧理以其生命之光，点燃了遍布杭州溪山的佛灯。

佛祖西来意，觅幽境、辨云形。
问何处飞来，巉岩陡壁，幻化阴晴。
临阶窟深壑险，又老藤古木竞缠萦。
胜景犹然相识，天竺鹫岭如灵。

武林仙隐一禅僧。五刹续青灯。
引水穿廊步，呼猿跳涧，月冷泉声。
便道开山初度，是梵音寂寞成心经。
岁晚还归夕照，竹溪一片澄清。

望海潮　永明延寿

2017. 12. 30

延寿大师是法眼宗三祖，又为净土宗六祖，一身兼融禅净两祖，是古今所未有。孟子说“五百年必有王者兴”，永明延寿恰是上下各五百年中间，俯仰统摄的那个人物。从天台山到雪窦山再到净慈寺，杭州的六和塔、南屏晚钟皆与他有关。尽量沿其踪迹，且化用其山居诗。

缁衣台岭，衔窠禅定，林深法眼寻踪。
千丈瀑岩，十年隐遁，寒华雪窦葱茏。
幽锁寂堂中。绿水云乡处，野旷真风。
谁赋山居，万境一点尽观同。

近尘远刹相通。看永明慧日，夕照雷峰。
缘指旧湖，南屏净土，原来三教圆融。
塔影六和钟。道曹溪之后，镜照为宗。
暮色苍茫古寺，江岸月轮松。

沁园春　灵峰早梅

2018. 01. 13

岁末少不了念叨梅花，先问僧人灵隐梅花开未开，随后又约友人微雨灵峰探梅，与言填词《沁园春》，却一周没写出。因想这灵峰原本有旧时古寺，只今山脚林园深处，有梅曰庚岭老友，据说当年马一浮发现，此处即古代灵峰寺所在。梅花素有寄寓，东向西湖孤山更有遗韵。古来咏梅不绝，想梅花并无意，只是人情附会而已。遂以自嘲。

老树虬枝，凭谁相问，又是一年。
但灵峰依旧，轻云薄雾；梅英初蕊，细雨微烟。
独立山泽，幽怀冷落，瘦骨凌霜堪与怜。
何须叹，算今生今世，寂寞闲园。

临风几缕清寒。若有意、淡香隐约间。
寄陇头夜月，折枝庚岭；鹤妻梅子，逸韵孤山。
却怪江南，从来雪晚，缱绻春风鬓已斑。
犹还笑，道梅花无意，我自盘桓。

御街行二首　腊日僧庐兼咏雪

2018.01.24

一　灵隐腊八节

重云冷色天光暗，岁晚心思淡。
梅花有待雪中寒，香韵欲羞还敛。
年年今日，调和五味，腊八粥如糁。

菩提树下空无念，趺坐清风鉴。
拈花一笑佛陀缘，镜影烛台灯焰。
十方无量，三生因果，顿觉犹行渐。

二　咏雪

琼花一夜如飞絮，飘满江南路。
凭阑晨望倚高楼，玉砌瑶台门户。
画檐衣素，苔枝缀玉，盈目银妆树。

岁残雪拥流年去，记取霜和雨。
僧庐犹忆暗香来，谁伴梅花同驻。
凌寒无语，春风有待，迢递归何处？

附记

腊日，阴天。中华节日中，最早的可能就是腊八节，不仅是民间风俗，而且得儒释道共同推崇。《礼记》讲是日合聚万物而素飨，道家说五帝会于上方玄都玉京，佛教说是释迦牟尼得道成佛日。适灵隐腊日法会。大和尚参加政协会议，中午匆匆归来寺院，斋饭间言及杭州市会议正式提出：杭州建设世界佛教文化中心。归来填词《御街行》。越明日，适逢江南初雪，时流感肆虐，轻易不出门，但凭窗望雪。乃再填前调，逐韵相次晏几道“街难绿树春饶絮”。

雪梅香　立春孤山问梅

2018. 02. 04

问梅日，西湖残雪立春时。
不知花开处，孤山几许幽姿。
疏影常从梦魂住，暗香临水更相思。
且休道，凛冽风回，春浅花稀。

寒波旧时路，玛瑙坡前，乱草斜晖。
智僧当年，结庐竹影松扉。
闲步如东访和靖，鹤妻梅子信无违。
归来晚，宿鸟无声，月冷人衣。

附记

杭州最有故事的梅花，当属孤山以北放鹤亭之梅。然寻常人却不知西边百余步的玛瑙坡上，与林和靖相邻而居的还有个智圆禅师。智圆禅师在玛瑙坡结庐，是为玛瑙寺，南宋时其寺迁址今日北山路的葛岭之下。作为宋初最著名僧人之一，智圆在中国思想文化史上颇有影响，此外还留下了四百多首诗歌。他是个鄙弃世俗的隐士，权倾一时的王钦若罢相出杭，杭州僧人皆出城相迎。另一位著名高僧慈云遵式派人邀请智圆同去，智圆婉拒，并笑谓来人：请代我致意慈云，钱塘境里还住着一位和尚。他与住在东边的林和靖是好朋友，两大隐士共添孤山文化记忆。

玉楼春　画香书斋

2018. 02. 10

吾家有画成常置我书斋中。久之室盈丹青，颇有韵香襟袖之感，因为之词。

夜阑人静思如雪，谁画梅花情似月。
玉楼长在水云间，轻梦疏星灯影灭。

春风除岁临佳节，写意遒枝清韵绝。
丹青盈室入襟怀，净涤俗尘香蕊洁。

渡江云　西溪颂岁

2018. 02. 16

我的生命中迄今有四十三年是和西溪相连的，中学所在是古代西溪镇，大学又在西溪河下。从杭州大学到浙江大学，西溪校区前后三十余年，又且一直居住在西溪一带。西溪承载了大半生的阅历，成了生命中一个标志性符号。溪桥烟树，亭亭塔影，人生中有许多美好的记忆，莫道红尘已看惯，情在深处最珍惜。应了南宋高宗的话：西溪且留下。于是便有了这段除夕颂岁的西溪词。

寒轻风渐暖，江南雪净，除岁入新春。
念西溪旧约，记取流年，往事亦缤纷。
梅香入梦，算几度、驿外思君。
归去来、遣词属韵，更说与谁闻？

销魂。亭亭塔影，脉脉斜晖，叹沈腰潘鬓。
还道是、溪桥烟树，看惯红尘。
阅人无数犹珍重，保俶下、月影波痕。
歌一曲、唱今宵渡江云。

惜寒梅　僧院梅花约

2018. 02. 27

原打算寒假期间写的文章终究没完成。午后暖日，想到明日上班，却不忘早已约得灵隐梅花。到寺院与薛居士寻一番遗迹，又说为我拍几张工作照，暗思忖却原来我工作该在这云林禅刹。归来就“复雅歌词”选调《惜寒梅》，这可是个少见的词牌。

暖日如薰，是春来、但记得梅花约。
世路风尘，寺院偏寻澹泊。
梵音澄净觅幽乐。闻钟鼓、檐飞画阁。
云林禅意，瘦影斜枝，暗香般若。

红颜且伴素萼。念经年向谁，几多寂寞。
凝雪无言，为有芳心嘱托。
浮云飘过透帷幕。对夜月、佛灯影绰。
待将回首，匆匆过客，幻化零落。

忆旧游　雪窦寺

2018. 03. 03

前后几近二十年，想到上次来雪窦山，是直接去看当年蒋中正常去的妙高台。其时正古松云峦，落日苍茫，道中亦偶见僧人。如今再来，却是想寻延寿大师的踪迹。相传北宋仁宗皇帝在汴京梦游雪窦山，所以此山又有应梦名山之称。旧地重游，故取调《忆旧游》。雪窦寺是弥勒道场，相传在此弘法的布袋和尚是弥勒转世，弥勒是释迦牟尼继承者，是未来佛，也是唯一参照中国禅僧相所塑的佛。他是人世欢喜的寄托，所以怡藏法师说，你可以不信佛，但是不可以不要欢喜。

危岩千尺，雪窦深回，何处寻踪。
漫忆当时路，记苍峦落日，云岭遒松。
不知汴水东向，应梦此山中。
道传法明州，褴衫布袋，大肚能容。

方前世弥勒，正一笑人间，欢喜无穷。
瀑冷凝飞雪，恰幽清延寿，临镜书宗。
梵音空谷缥缈，禅韵入苍穹。
且上妙高台，凭虚万里怀古风。

水龙吟　四十年恍如梦

2018. 03. 08

宿窗乍暖还寒，觉来犹记风和月。
五千里路，江南江北，飘然一叶。
四十年间，沉浮常见，灰飞烟灭。
任风华一去，庭前花落，英雄事、都挥别。

霜鬓澹然轻雪。又消磨、几多传说。
楼台咫尺，云天万里，何曾跨越。
尽道繁华，浮生蝼蚁，梦回庄蝶。
且今宵、大理城头浊酒，樽前澄澈。

附记

杭州大学1977级的入学报到时间是1978年3月6日至8日，今日正当我入学报到四十周年。当时风华正茂，而今鬓染沧桑。四十年人世沉浮，家国巨变，往事历历，如梦又如烟。开车路上思绪纷纭，不经意想到了刘克庄梦方孚若的那首《沁园春》词。英雄迟暮，感士不遇，这是中国古代重要的文学主题，年轻时候也最容易引发感慨。只今名利如浮云，唯求自心宁静快乐。恰好午后飞赴大理，庆幸四十年前的今天，我有机会进入杭州大学。尝云自六岁读书遭遇“文革”十年，高中一年便下乡，若非考上大学，便成了一个从小学、初中直到高中，没有一张文凭的“三无”青年。

七律　大理古国

2018.03.11

唐时塔影宋时风，大理云烟缥缈中。
禅指一阳洱海月，天龙八部点苍情。
阿萝星竹李秋水，段誉语嫣木婉清。
莫使修罗刀下死，凌波微步忆飞鸿。

附记

崇圣寺距大理古城不远，寺院背依苍山扩展，规模格局恢宏至极，登高送目，苍山洱海尽入眼中。崇圣寺最早建于南诏国即唐代中期，后经大理国不断扩建，成为皇家寺院。南诏大理皆政教合一崇佛立国，大理国三百余年，有九个国君在此出家做了和尚。寺中三塔原本唐时南诏所造，宋时大理国复修，高标苍穹，但觉风云浩荡，不尽历史沧桑。唐宋古塔保留至今，跟大理国崇佛有关，虽改朝换代权臣执政，往往也少有战火摧毁。乃口占：唐时塔影宋时风，洱海苍山古国情。尚谓大理文化叙事，最有价值的就是金庸小说，故以金庸小说人物续成全诗。

燕春台　春读西溪湿地

2018. 03. 23

绿染新枝，碧连芳草，轻茵信是春回。
丽日晴空，淡烟一抹云飞。
野溪自在涟漪。向亭台、滨水环围。
桑园清景，参差花树，寂寞疏离。

玄都观里，前度刘郎，遣怀旧约，今又重来。
清风不识，缘何乱我书扉。
唤取流光，问谁人、寥落徘徊。
正心思，如玉壶冰洁，轻别斜晖。

一丛花 夜色紫荆

2018. 03. 30

可怜昨日子夜时分，竟思俗务久久不能再安睡。何苦如此呢？睡前欲以小词调节未竟，今日且补上，用苏轼《一丛花》（今年春浅腊侵年）原韵。

春风似水任流年。春夜愈清妍。
溪桥迤逦行人淡，傍丛树、灯影篱边。
紫荆河清，紫荆花艳，天远月将圆。

河湾尽处是春山。隐约似连绵。
遥知早晚生云气，共柳色、占得春先。
休问丛花，倦怀此意，清梦待归眠。

春风袅娜　题画词

2018. 03. 31

正莺歌燕舞，旖旎春华。风似染，柳如纱。
渺空烟万里，云飞野马，浮光掠影，水映龙蛇。
净碧涵山，游踪芳甸，姹紫嫣红无数花。
日出江花画中赋，轻舟何处系平沙。

踏月归来尺幅，灯前小景，恰溪岸、绿树柁牙。
还吩咐，莫阑遮。澄怀此意，宜室其家。
王谢堂前，寻常燕子，随风往事，宝马雕车。
何逊未老，愿身长康健，春随梦远，自在天涯。

粉蝶儿　晚樱伴读书

2018. 04. 03

是日轻断食看书，趣谓书有颜如玉。问知樱花尚在，便决意不负春光。驱车乌龟潭找个亭子，悄然无人，真是读书好地方。松窗竹户，流水自去，时有鸟鸣。乃口占四句：松窗读书处，偶然鸟语声。游目樱花乱，卧听流泉鸣。樱花原产喜马拉雅山脉，唐代传入日本竟成国花。柔质娇洁，娟雅轻灵，如粉蝶儿一般。可惜花期短，不到一个月。归来遂依《粉蝶儿》调次韵南宋毛滂。

玉面红颜，淡妆柔质堪绝。
暖风轻、暮春时节。
照斜阳，临水处，花枝明灭。
伴何人，娟洁一弯明月。

旬影月华，芳怀素心萦结。
便罗衣，楚云轻捻。
又如何，经得起，飘枝去叶。
粉蝶飞，乱飞不知存活。

绝句二首　次韵京华友人

2018. 04. 06

午后寻云栖梵村山景，步履茶山，一片葱茏。归来次韵水法教授。江南草长日，京华正飞雪。是以家山万里常入梦。

其一

江南飞絮正无终，碧水桃花绿映红。
万里京华飘雪夜，故园梦里又亲躬。

其二

京门雪扰江南梦，雁字回时已越冬。
漫道天涯行路远，湖山犹记旧颜容。

南歌子　缁衣人淡

2018. 04. 14

家中一袭缁衣，是那种亚麻布的对襟衫。去浙江美术馆看画，穿上却很是合适。出门想到《诗经·郑风》中有篇《缁衣》，又陆游有诗句“衣冠简朴古风存”。内人闻之却道：“这衣服可不便宜呢。”便随口吟出：“襟袖缁衣出馆门，衣裳简朴古风存。笑谈莫论纹银事，且过湖山向远村。”陆抑非的画，花鸟工笔，画风非我喜好的那种大写意。独自出来游荡到湖边长桥一带。归来又依此绝句，敷衍小词一首。

襟袖还随兴，缁衣出馆门。
但飘如一袭精神。
简朴古风犹在、问是何人。

洒落随君意，怡然自在身。
笑谈何必论纹银。
且向湖山清远、柳岸烟村。

鹧鸪天二首　谷雨香椿

2018. 04. 20

谷雨是春天最后一个节气。清晓伊人问，窗外什么叫声，告曰布谷鸟，杜鹃之一种也。古人诗词中，常用以伤春，诸如“杜鹃啼血”“不如归去”“行不得也哥哥”。不同季节杜鹃有多种，少年下乡时候，农村夏季依杜鹃叫声，如“麦黄杏熟”，实报喜之鸟也，遂填词《鹧鸪天》。次日小和山摘香椿，民间以谷雨食椿为“吃春”，是好兆头也。再踏辛稼轩“陌上柔桑破嫩芽”韵有作。

一　谷雨

晓梦临窗闻杜鹃，犹思高卧觅悠闲。
惯将书卷倚孤枕，偶向清樽乘醉眠。

花未老，絮先残。可怜杨柳不吹绵。
只今但许风和月，还趁良宵谷雨天。

二　香椿

谷雨来时催嫩芽，小园椿杈又生些。
一川暮色两株树，六载春风无数丫。

新叶密，细枝斜。山南水北是吾家。
咀芳含齿留真味，但有清香没有花。

南歌子　法喜寺佛灯

2018. 04. 26

有朋友拍上天竺法喜寺冬雪春树，尚以对比同一景位，法喜佛灯如梵刹红颜，令人不胜感慨。

云岭生兰若，炉烟净雪霜。
春风相伴沐清芳。伫望僧庐深处一支香。

绿树飞檐外，红颜倚淡妆。
前尘往事入苍茫。缥缈眉头心上也思量。

永遇乐　杭州大学校庆日

2018. 05. 03

溯源杭州大学，校庆日是5月3日，其源流为：1897年育英书院—之江大学—浙江师范学院（之江大学文理学院、浙江大学文理学院以及师范学院部分）—合并新校定名为杭州大学—并入浙江大学（1998年9月）。恰有海外校友发起母校纪念，嘱我填词《永遇乐》，此调多为短句，填好不易。想今年是我入杭大四十年，也是杭大消失二十年。杭大校庆之日，且聊以此词记忆。

四十年来，雾飞云漫，几度风雨。
碑影斜阳，苍苔斑壁，寂寞何人语？
惊鸿声断，飘然叶落，遗迹向谁问取。
但无言、西溪河下，唯有旧时烟树。

树犹如此，岂堪流韵，意气不知归路。
道古桥空，阳明学失，别恨添愁苦。
一篇辞赋，两行浅泪，往事且休回顾。
只留得、长歌游子，瀛涯日暮。

木兰花慢　春归立夏日

2018. 05. 05

立夏日。想春魂入夏荷，一枝芙蕖香红，当另有情致。《楚辞》谓：“王孙游兮不归，春草生兮萋萋。”唐王维诗云：“春草明年绿，王孙归不归。”春风立夏去，明年当又至，何况春有芳菲，夏有新荷。

春风留不住，莺啼乱、去如烟。
恰骤雨来时，江南立夏，雾锁云天。
王孙不知归未，恐芳踪漂泊意缠绵。
岂肯浮尘万里，孤魂独觅沧澜。

徘徊且幸有湖山。蜻蜓惹人怜。
寄倩影新荷，何人唤取，一叶清圆。
疏光跳珠莹露，碧波流荡潋滟悠闲。
还待轻舟入梦，许她香颈红颜。

五律二首　雨后山园

2018. 05. 06

近晚小和山摘了最后一茬香椿，随后行走间竟生田园闲适之意，随吟一首尚不尽意，归来再吟一首，自觉颇如古风。

一

夏雨暮云迟，溪山媚晚姿。
苍苔幽野栈，草木荫清陂。
枝鸟啼高树，鸣蛙唱近池。
行闻邻犬吠，忽尔起闲思。

二

夏雨送春时，椿芽叶未稀。
溪光长顾盼，山气生葳蕤。
暧暧连双树，年年发数枝。
摘香含韵远，俯仰永相期。

诗词二首 巫山西子

2018. 05. 17

有重庆工商大学老师来信，言用我书做教材，并千里赠诗于我。《整合营销传播理论与实务》问世以来，国内百余所高校见用，多有老师来信，然得赠诗者则唯此一人，自当次韵回赠。律诗写罢犹不尽意，夜行间乃再循其意，填词一首。

千里江津赋雀台，暮云落照却徘徊。
市声但许流光去，诗意还随夜月来。
著述浑然都渐忘，清歌率性莫须猜。
嘉陵好韵兼风雅，西子芙蓉正欲开。

满庭芳

千里云烟，江流何处，漫思铜雀兰台。
巫山落照，暮色共徘徊。
莫道红尘浊世，且留取、一些情怀。
算风雅，长天夜月，相伴与谁来。

稻粱谋渐忘，读书万卷，也自堪哀。
踏歌处、鸥盟向晚无猜。
幸有湖光山色，长堤外、西子萍苔。
临清夏，芙蓉素手，拈指笑花开。

摊破浣溪沙　惜花

2018. 05. 28

办公室好几株花，都因为没有得到照顾而凋零了。下班前匆匆，一盆插花未及细看，夜来读书罢忽然想起，还不知这花叫什么。南唐中主李璟有词："菡萏香销翠叶残，西风愁起绿波间。"虽然不用他那个意思，却不妨借韵作小令。

红萼凋零叶未残。惜花犹在有无间。
迢递春归待追忆，问谁看。

素玉一枝何雅淡，郁香清夏远霜寒。
遥夜掩书人不识，恁相干。

荷花媚　访荷花未遇

2018. 06. 06

清早曾问湘君荷花如何。午后四点多跳上公交，空荡荡的车厢里，正想曲院风荷、西泠桥和断桥哪个站下合适，又闻说西湖边不见荷花，于是犹豫是否打道回府。没想半个小时后，原本穿越西湖的公交，竟在黄龙绕头把我送回出发地。荷花虽不见，小词不可少，再用苏轼词原韵。

沧波染清碧。擎青盖、不予风尘痕迹。
新娇尖角露，蜻蜓一点，有微红间白。

但记得、含笑拈花处，曲廊凭骤雨，菩提根力。
回车马、归来去，斜阳无语，但粲然空色。

宴清都　新荷旧约

2018. 06. 10

昨日曲院看荷，碰巧去年今日傍晚微雨，也曾乘兴前来。无名小桥侧，有素荷三两枝，偶然行人经过并无眷顾。今年再看时，依然丛草相伴，楚楚可怜。归来赋怀，但为寂寞芳思。

潋滟风荷路。回廊外，绿波摇曳无数。
红蕖照影，青盖出水，碧连汀渚。
亭亭不倚妍妆，却逸韵、天然楚楚。
更况是、意远繁华，疏心独自无语。

何人寂寞斜桥，去年旧约，相与回顾。
芳思淡雅，仙姿一角，素颜清妩。
孤怀别有情致，又何必、幽香为侣。
但许她、暮雨朝云，年年看汝。

临江仙　莪山荷

2018. 07. 09

整整两天开会，有个节目是要我讲党课。从上山下乡说到井冈山延安整风，从贸易战讲到学术初心。会后有老师谓挺感动的，人贵有真心。因想昨日莪山荷花，《诗经·小雅》所谓“菁菁者莪，在彼中陵”。恰正午时，过眼云烟依然心底冰清。

日色袅袅如有意，莪山芳草菁菁。
天蓝云淡净空澄。
野风吹绿树，花在彼中陵。

过眼芙蓉曾照影，隰荷心底冰清。
遣怀一叶忆亭亭。
含烟归去后，回首万山青。

甘州令　图识苍莽

2018. 07. 15

日前家人西行甘州，归来图画引我思怀。遥想汉唐开边万里，梵僧译经传道，更法显玄奘西去取经。便是盛唐边塞诗意，词乐也多起源于西域胡乐。因用柳永《甘州令》原韵，但如陆游纯写想象。

乱云飞，日色淡，苍茫旷野。
风万里、雪融花谢。
隐长烟，叠千嶂，塞声潇洒。
望甘州，怨羌笛，对浊酒、嘱咐无价。

断魂剑影，锦裘歌榭。
便挥手、许多抛舍。
靖胡尘，抚汗马，宿愁清夜。
梵僧来，度荒漠，越西域、诵经甄冶。

红林檎近　暑天骤雨题画

2018. 07. 22

夏暑适台风时节，有骤雨堪喜。昨日小和山遇雨，但俯仰凭栏，山色含碧，楼前溪水潺湲。归来雨过天晴日色晚，恰家有小景，题画林岸归舟。

门望峰如碧，对窗溪水湲。
日夕有佳气，但消暑伏天。
放怀浓光淡影，游目俯仰云山。
骤雨一霎临轩。含笑独凭栏。

万象明灭处，词客自悠闲。
随心造化，惟君着意流连。
暮归天色晚，风回柳岸，泊舟高树闻乱蝉。

望海潮二首　贝加尔湖思苏武

2018. 08. 08

游踪至贝加尔湖，这便是《汉书》中所写苏武牧羊的北海。拟用柳永所创《望海潮》调，并按照纳兰性德韵脚创作，却发现想表达的内容太多，很难在一篇之中全部囊括，于是分为两篇。诗意来时，其如潮涌，清晨卧床完成写景篇，午间行车中又成怀古篇。

一　贝加尔湖

苍波凝碧，琼田万里，一湖涵蕴清空。
岩漾水光，云浮净影，如何造化天工。
变幻有奇峰。况徘徊鸥鸟，远岸朦胧。
落日深沉，犹照千古旧颜容。

澄虚潇洒长风。倚轻舟去处，水与天融。
荒野草疏，岩边树老，危崖直入深泓。
秋露续残冬。冻玉三千尺，淤雪冰封。
但许心思一点，渺渺寄长穹。

二　苏武牧羊

风吹枯草，湖寒水冷，匈奴出没兴亡。
苏武布衫，单于毡帐，凋零几只牛羊。
气概入云长。算胡笳夜月，历久堪伤。
万里长安，思君何处话凄凉。

骠姚漠北苍茫。想悬军卫霍，血染残阳。
汉节麾尽，胡沙泪洒，举头归雁成行。
金甲旧衣裳。将军功名裂，匹马平冈。
日暮云飞，谁与携手上河梁。

定风波　云烟了无愁

2018. 08. 23

此调因平仄四转韵，素来少有尝试，今顺手借韵倚床戏作。

偶觉新凉渐入秋，但闻歌赋论前俦。
烟雨半生犹自爱。谁奈。多情白了少年头。

世事沉浮何必管。悠点。心无芥蒂便无愁。
常向归云寻暮色。得极。空怀千古大江流。

附记

日来心有所叹，每见诸君议论，便想我等百姓，虽少年也曾奋发，然终如《左传》烛之武所言："臣之壮也，犹不如人；今老矣，无能为也已。"恰见有转先师蒋礼鸿、盛静霞伉俪，雨中共伞过白堤词。盛先生早年中央大学才女，词作幽默谐趣，心灵充实偕于外物。据蒋先生之子蒋遂兄云，盛词书法系"原浙江美术馆斯舜威馆长为家母词《定风波》题写"。吾疑词中"怨俦"为"鸳俦"，乃书法笔误，理由有二：

其一，依词律此处当用平声，“怨”为仄声，且“鸳俦”为古语固定词汇；其二，就诗词意象而言，莲叶鸳俦是用比兴手法，借湖中景象更加含蓄，且符合词体要眇宜修的表达特点。盛先生高手填词，章法娴熟断不会如此直露“怨俦”。经与蒋遂兄确认，原作果然是“鸳俦”。

感皇恩　鬓发如风

2018. 08. 26

日间水法兄偕北大黄教授过杭州，有国清教授及老友振华诸君会聚西湖赵公堤。茶饮之间，庞教授言及休闲之学乃生活哲学，吾谓如庄子游于物外，求诸心灵自由，此亦休闲之意。毗邻盖叫天燕南寄庐，西湖僻径，秋雨过后，道生青苔，砖老石滑。因故人念及辛弃疾感思朱熹之词，喜其“会说忘言始知道”及“白发多时故人少”之句。依韵成篇，莫非圣与老庄会于禅乎?

僻径荫青苔，石滑砖老。高树丛阴旧时道。
阅人无数，看遍悲愁欢笑。寄庐真意在，朋侪好。

读万编书，貂裘锦帽。鬓发如风渐稀少。
且将樽酒，嘱咐涧边幽草。得游心物外，庄禅了。

贺新郎　寿水法兄

2018. 09. 01

老友水法兄甲子寿，正值秋色无边。京华浮云，江南烟雨，谈笑犹是当年。法兄室名听风阁，早期首获洪堡奖学金，赴德国研修康德哲学。尚有著论大学，昔天命之年，亦曾《贺新郎》唱和，不觉飘然十载，犹如一梦。今再和之，惟自在此身，自然与物，清梦如蝶。

大梦谁先觉。
恰闻声、听风阁上，玉鸣檐铁。
犹道君家昌黎后，休教文章散灭。
却自是、蒙童劝学。
洪堡归来身正健，问何人、寄哲思明决。
流笔处，意超绝。

京华自古开宏业。
想当年、长歌干云，素怀冰雪。
还把豪情温尊酒，指点一时俊杰。
甚激荡、颜声清越。
甲子风华公不老，更江南、烟雨长相约。
听笑语，梦蝴蝶。

眼儿媚　白露日咏葡萄

2018.09.08

记得去年此时，亦有咏浦江葡萄之《眼儿媚》，此调陆游命为“秋波媚”。今者葡萄来时，恰当白露之日，遐想西王母九霞之丹，逸思李太白葡萄美酒，盛以摩天之云盘，对酒当歌，此乐何极。乃再袭前韵而作。

闻道瑶池九霞丹，缥缈水云间。
太真一滴，仙华清浅，紫玉涔涔。

霜凝秋露香凝酒，夜色暗云盘。
放怀李白，吟歌追月，对影成欢。

秋夜月　秋分写秋词

2018. 09. 23

明日中秋，今日秋分。二十四节气秋分之日，恰昼夜中分。古人悲秋，始于楚之宋玉。欲选调填词，宋人秋词创调颇多，且大多写儿女艳情，柳永姜夔吴文英，诸人率皆如此。唯陆放翁《秋分后顿凄冷有感》诗，凄冷之余，耄矣狂未除。近来秋雨时至，明日中秋之夜，不知可否得见夜月？依《秋夜月》调用入声韵聊以为叹。

秋分时节。是何人，眉蹙处，心怀千结。
散乱溪山云影，几丝余屑。
蝉声淡，蟋蟀老，坠飞黄叶。
悲哉，宋玉与谁曾说。

韶光轻别。任从她，归去路，晚凉凄切。
鬓发彷徨随意，素怀澄澈。
古人书，樽酒在，情如冰雪。
但思，明日可当明月？

念奴娇　中秋

2018. 09. 24

十五的月亮十六明，十四的夜晚云层中。月有阴晴圆缺且随意，依苏东坡凭高眺远词韵，填一首放旷词，聊为中秋寄意祝福。

凭栏望月，怪浮云碍影，旧时痕迹。
圆缺阴晴无意处，收敛冷光秋碧。
洒落湖山，清香流韵，桂魄生南国。
朦胧犹照，粲然豪气凌厉。

但使嘱酒金樽，狂歌一曲，笑此身为客。
萧史归来如弄玉，与我消磨今夕。
万里长空，思随天远，看凤鸣鸾翼。
姮娥何在，伴君明月吹笛。

木兰花慢　半坡栗子树

2018. 10. 05

半坡在杭州西北四十余公里处的德清十亩里，车行竹林小径，蜿蜒而入，直抵山间。有朋友在此收拾山园三百余亩，俨然有世外闲逸之气。感谢主人美意，秋高气爽体味半坡生活。日前有谓我假日都在看山了，回想一下，先是万林背山、午潮山，若非大和尚赴美，原本打算明日再去云林灵隐山。看来确实是老来偏爱丘山，且就今日半坡之行了却秋山之词。

缁尘飞不到，竹径远、半坡边。
翠柏染苍穹，野茅遮蔽，一片晴天。
岩上白云有意，四围如碧看尽群峦。
偶尔回眸相望，谁家栱木围栏。

倦归羁鸟觅清闲，世事笑谈间。
旧阁可藏书，悠然万卷，栗子坡前。
江南秋风吹树，算老来偏爱是丘山。
香茗浅樽夜月，朦胧松影婵娟。

江城子　记梦

2018. 10. 07

依苏轼韵，追思祖母。

五更惊梦意溟茫。但思量，不曾忘。
梦里相逢，梦醒更苍凉。
矍铄精神清瘦影，缠脚小，发如霜。

路途迢邈怎归乡。望孤窗，愈悲伤。
慊慊情怀，不忍泪成行。
鬓冷垂髻多少事，常记得，远山岗。

附记

凌晨四点多醒来，再睡着时梦到了祖母。不知是祖母托梦，还是幼小的记忆会镌刻在大脑皮层中，总要在潜意识中浮出。梦境中好像是搬到一处新屋，和儿子一起去，见到祖母在那里。我在床上熟睡被敲门声叫醒，是修下水管的人来了。我过去用水冲洗厕所，有点像是北方农村那种旱厕（应是暑期贝加尔湖的印象）。奶奶跟我说，下水道堵了好几天，又说她这些天烧饭买菜，身上带的钱也快用完啦。我赶紧说会给您钱的。厕旁有条河沟，转身不见了修水管的人，原来潜身在河里修，只有背影露出水面。正冲厕所的时候，上面有溪水流过来，冲洗得很干净。我嘀咕新房子都安排成卧室，竟没给我腾出书房，又说旁边还有一套房，可以给儿子单独去住。我的童年是和祖母一起度过的，后来祖母还带过我不到一岁的儿子。记得有一次祖母抱着小家伙从外面回来，他手上攥紧一角纸币，祖母说这孩子可懂事了，钱拿在手上也不乱丢。祖母高寿过世后，父亲说老人早年从河南迁到陕西，嘱我把老人骨灰撒在陕西东归河南的路上。再后来多年，我只能从杭州的西山遥望，默默祭奠祖母，为她烧些纸钱。夜梦醒来一阵感伤，不禁枕上失声啜泣。

阮郎归　西溪秋雨流年

2018. 10. 10

原杭大一众老友昨夜相聚，谈笑人生变化诸多。当年77级、78级入学至今四十年，渐染鬓霜，淡然余欢，虽小令不尽意，然兴致可见一斑。

秋风夜雨意联翩。开颜谈笑间。
如烟往事忆清寒。西溪兴致闲。

人未老，鬓将斑。相逢四十年。
庄生不再辨愚贤。余杯且尽欢。

采桑子慢　荷老晚桂香

2018. 10. 12

日间写研究报告，午后独行自曲院入苗圃。曲院无名小桥下零星几枝少有人关注的野荷，却是我经年有约的荷友，只今秋风冷落漂萍。再入对面花圃，随步穿行，有种自然轻松的真意。寻个安静处独自坐下，正是斜阳斑驳，偶然竹影来相顾，听一旁流水轻声，随作绝句云：曲院迂回苗圃行，荷花老去桂花清。斜阳有意来相顾，独坐空林听水声。夜归演绎为词。

曲院径回，还道秋凉风冷。
旧相识、芙蓉如面，不忍凋零。
可奈流光，任荷花老去漂萍。
苗圃毗连，临溪且幸，桂子香清。

容妆丹碧，簇华芳树，轻步随行。
淡然怀真意，漫道沽酒浮生。
斜阳洒落，斑斓竹影无凭。
有心相顾，廊桥独坐，浅水流声。

西江月　曲院荷友

2018. 10. 13

曲院荷友原本是几株不起眼的野荷，浮水相簇，亭亭娇俏，却不像许多惹人眼目的凌波仙子。几年前经过，偶见它素洁雅致，生在小桥侧丛草杂树之间，次年再来依然如故，遂有心相约年年来看它。昨日经湛碧楼寻旧约，又读苏轼三过平山堂词，乃用其原韵再咏小桥野荷。杂叶丛生处，即吾花侣所在也。

翠盖亭前秋水，石阶桥外萍中。
偶然来往有凫翁，看惯清波浮动。

莫问小桥何处，无关夜月晨风。
纷纭万事尽成空，但约明年旧梦。

江城子　悼陈祖美师

2018. 10. 15

杭州秋意正浓，闻说北京近日也是秋雨天凉。日间业师陆坚教授见告，陈祖美老师辞世，感怀追思，聊表悼念之意。

燕云凝滞意苍茫。雁归翔，也彷徨。
袅袅秋风、飘叶更凄凉。
惆怅天涯人有恨，无说处，此情伤。

一编淮海费思量，絮飞扬，泪沧沧。
回望易安、千里念梓桑。
冷落谢公池上草，瓯江月，水泱泱。

附记

陈祖美老师祖籍山东青岛，原系中国社会科学院文学研究所研究员。说来陈老师也是师出名门，她早年就读山东大学，研究生师从一级教授陆侃如先生，陆侃如与冯沅君伉俪皆为一级教授，于时国中无可匹者。我年轻时研习古代文学曾受到陈老师提点，参与过陈老师主持的李清照诗文评赏工作，早年入京也常去看望陈老师。其生前著有秦观、李清照等研究著作多部，晚岁治谢康乐年谱，往来京杭及温州之间。20世纪90年代初，陈老师研究淮海词的第一本著作出版，我写过一篇评论发表在《北方论丛》上，后来结集古代文学述论，前言中也曾写道："陈老师以女性学者特有的细腻视角研究诗词，每有新著，常见寄赠。"今斯人已逝，忆及往事，特以《江城子》词寄思。

夜游宫　重阳入灵隐

2018. 10. 17

休道云林桂晚。看依旧、重阳云暖。
浮动馨香满寺院。绿叶深，鼓声静，僧影淡。

虚室还听禅。座相对、澄怀心远。
天命因缘自天算。树婆娑，月朦胧，人不倦。

附记

重阳日午后再入云林禅寺，大和尚问我何时可清闲些，欲佛学院开管理学专业，涉及寺院管理与佛教文化传播。不觉天色晚，斋间犹续谈。言及生命之事，大和尚说起曾亲历上海的两位老和尚超度，往生西方极乐世界，也是因命不可妄求。我是相信福报的，闻之甚以为然。又云2026年是慧理法师开山灵隐古刹，也是佛教传入杭州一千七百年，得隆重纪念，建议写一本杭州佛教史的书。我对曰最近考虑未来十年做什么，除了写杭州佛教史的书，还打算融纪传体与文化述论写天竺传。书生一枚别无所能，这也是我心向善的一点追求。不觉天色晚，归时一弯浅月，正在僧楼之上。

瑞鹤仙　寿业师

2018. 10. 27

碧云秋日暖。映草色、未凋江南岁晚。
西溪水清浅。念清波、流去清光无限。
回眸且看。雨共烟、都是过眼。
独经年绿树，依旧风华，塔影湖畔。

鹤发犹当耆宿，座中谁人，放怀舒展。
词宗婉转。飞扬处，也刚健。
更从容、渡远芭蕉俳句，龙川文章绚烂。
寿公今日宴。楼外柏松不倦。

附记

同门相聚，贺寿业师陆坚教授，夜作《瑞鹤仙》为吾师寿。陆师当年从夏承焘教授学词，夏先生开创现代词学，20 世纪 80 年代中期北京为夏先生举办从教纪念盛会，当时代表中央看望夏先生的习仲勋称其为“一代词宗”，胡乔木誉之为“文坛先进，词学宗师”。说来我们因陆师而承夏门之脉，也都是嫡传。陆老师杭州大学本科毕业后，跟随夏先生续读研究生，后来还出任杭大中文系主任、教务处长，在学校工作长达六十多年，可以说是当今最了解杭州大学的人。今天讲了很多中文系老先生治学为人的故事，可惜以前没有记录，今幸有录音保存。吾师高德谦逊，待人和婉，我尝谓少年轻狂，幸业师熏染，稍有长进。

临江仙　侠归剑冷

2018. 11. 02

金庸大侠仙归时欲填词未如愿。想当年读武侠书，常夜半三更无眠，卧床闭目，眼前依然剑影侠踪。儿子幼小之时，夜间相与看过武侠剧，每每天尚未亮，耳边就听得他口中“嗖嗖嗖”的，都是飞剑暗器之声。晨依苏轼“夜饮东坡醒复醉”韵，集金庸小说名填词一首。

笑傲江湖惟鹿鼎，飞狐夜月残更。
西风长啸马嘶鸣。雪山千万里，书剑冷无声。

碧血侠客连城诀，射雕深入寒营。
鸳鸯侠侣倚天平。天龙有八部，兰若问浮生。

金缕曲　雀喜秋风澄怀

2018. 11. 06

清早闻窗外鸟鸣雀喜，总弄不清楚是什么鸟，好几次仔细看树丛枝叶浓密处，隐约可见是一种美丽小巧的鸟儿，却不知道鸟名。历来无意庆生，感谢惦记，依然有种温馨。待忙完一天，归来却填《金缕曲》，此调又名《贺新郎》，是历年庆生最常选用的词牌。

宿鸟枝头语。
梦回时、楼台落叶，飘零无数。
还道浮华都吹尽，随意秋风起舞。
漫说是、经霜寒暑。
雀跃不知人世事，但时常、问讯窗前树。
情到老，澹如许。

逸思一曲歌金缕。
也曾经、红颜绿杯，柳莺飞絮。
明月吟怀堂前醉，憔楚更谁记取。
且幸有、江南烟雨。
鬓发萧然心般若，寄澄清、往事休回顾。
听鹊喜，觅佳句。

采桑子慢　情怀文化

2018. 11. 22

跟做文创的朋友交流，有一种创意性的散发。节令小雪，夜月清光，归来勉强小词一首。

嫣然红叶，别样秀色无价。
况照影斜阳，临水剪裁难画。
苍苍草木，还掩映、几处人家。
柳残犹伴溪桥，萦绕曲径屋下。

竹尽清秋，橘黄柿老，正当潇洒。
堪旧友新朋，且共一些闲暇。
浩荡此情，纵笑谈、逸兴典雅。
偶然风致，涵窗夜月，尽是文化。

五绝二首　行吟西溪往事

2018. 11. 23

一

江南秋已尽，草木未曾凋。
野径飞斜照，娉婷倚画桥。

二

古寺人幽静，风轻曲水清。
僧门花色淡，素雅最关情。

附记

几年前的一个傍晚，从西溪深处返回的路上，夜色悄然降临。在曲水庵和茭芦庵之间，有个厉杭二公祠。厉鹗自是清代浙西词派的代表作家，但杭公为何人却不知道。欲探究竟，然四周并无灯光，夜色即将来临时，二公祠显得有些阴森。走到祠前小桥边时，隐约生出“聊斋”之感，于是便打消了进入祠中的念头。这件事印象颇深，以至于转过路角，看到一个长发女子的背影，便想到《聊斋》里面的场景。正欲脱口“画皮”，却恐惹得女子不高兴，遂笑曰：这里怎么也有林黛玉啊。女孩闻言一乐，转身大笑起来。于是打趣曰：原来不是林黛玉，却是个王熙凤。秋意枯荷，浮想联翩。寺院侧门外，有一树白色茶花，纯净无声地开放着。僧人往来，却正是素洁无色。一年又一年，江南小雪初冬，依然秋意无限，看尽草木荣又枯，自然随心寄空无。行走之间，随吟此二绝句。

七律　径山寺

2018.11.30

百折回旋势逼人，峰连天目净烟尘。
凌风竹影知深意，近寺香薰叹旧身。
古刹千年根未断，莲花万世叶长新。
娉婷有问菩提树，明镜无台也是真。

附记

学院组织往径山寺，出发前五分钟才忙完。虽步履匆匆，一缕清香却使人心静许多。下山时经过山门，有同事捡到一条小狗，我说狗狗在佛山之下定有佛缘。想到禅宗史上一段著名的公案：赵州狗子有无佛性。径山是中国禅宗最后的高峰，自唐代法钦创立以来，多有大德高僧。苏轼临终之际，陪伴在他身边的好友维琳，就曾住持径山前后达三十年，苏轼的绝笔之作也是写给维琳法师的。唐宋之后最有影响的大慧宗杲，以及无准师范、虚堂智愚等人，也都是我去年书稿中写到的径山住持。行走寺外有同事问我，菩提是不是一种树，回答颇如禅宗话头：菩提本非树。归来思及唐人张祜径山五言诗，悉依其韵作径山七言诗。

忆旧游　杭大诗词引

2018. 12. 01

即将出版的《杭大诗词》中，约我再写一首开篇之作，趁此心酣畅之际倚床而作，念及旧事遂用《忆旧游》调。

倚门天目路，记取当年，几许风骚。
得初阳清影，看黄龙吐翠，保俶连霄。
之江月轮流脉，隽彩涌如潮。
数一代风华，东南独立，无限妖娆。

迢迢。问何事、物是竟人非，风雨潇潇。
馆阁虽依旧，念蹉跎光景，道古无桥。
游踪万里漂泊，总是梦魂销。
且寄寓湖山，天涯有幸多李桃。

摸鱼儿　踏雪浴鹄湾

2018. 12. 09

浴鹄湾踏雪归来，夜眠不知飘雪寒宵，晨醒见楼外积雪压树。上午到西溪校区，教学主楼十二楼最东边及十一楼最西边，都是我当年的办公室，两处驰望一派茫茫。归时经八幢研究生宿舍，遥思当年。念及人生往事期期觅觅，生命中所有的相遇，说到底都是内心的期许。想王子猷雪夜访戴，乘兴而来，兴尽而返，一如雪舫闻箫，抑或也是人生极致。因用辛弃疾原韵填词。

正寒琼、雪凝轻雨，飘飘将欲何去？
临风浴鹄湾前树，潇洒苇花无数。
留不住。但寄许、一池碧水当时路。
曾谁与语？看野草围栏，连廊折转，乱玉落如絮。

还吩咐，休把心思再误。任他月恨云妒。
轻舟访戴堪乘兴，夜雪更无人诉。
松竹舞。海棠下、残红几片沾泥土。
归怀寂苦。问缥缈箫声，狂歌一曲，得极致佳处。

人月圆　翠莲桥

2018. 12. 11

翠莲桥上愁思起，遥忆燕双飞。
天涯一别，重洋万里，难再相依。

巫山梦断，君行何处，妾向谁归。
夜阑灯影，鸿书尺素，唯有嘘唏。

附记

杭州城西原本是广袤的湿地，古来谓之西溪。此处多河港，就家近旁有河从西溪河源起，南北径流至余杭塘河，此河似名莲花港河。细说来这河一定是有文化的，北边西溪源流转沿山河，南边余杭塘河是苕溪支流汇入大运河。河上有桥，名曰翠莲桥。偏是这“翠莲”二字，联想到近日老校友的趣事，昨日雪雨之中拍张照片，经当事人允诺把这段故事写出来。话说这翠莲见在中国天山脚下，和美国圣地亚哥的金兄，原本有段凄艳的故事，照片发到杭大校友群中，却真是一番热闹。不说诸位诗词甚多，单说今日金兄传来那翠莲妹子一首《人月圆》词，一看之下即知众人所说之事非虚，当年杭州大学读研时，金兄与翠莲妹子果然有那么一段情愫。不料此后劳燕分飞，一个在美国加州圣地亚哥，一个在中国新疆乌鲁木齐。几十年相思，妾意郎情长挂念，有翠莲词为证：“雨帘轻启西溪夜，双燕驭风飞。阑珊灯火，婆娑树影，两向依依。蹉跎岁月，人生含恨，情意何归？锦书虽在，山盟难再，对坐唏唏！”读之甚为感慨，依其韵也作一首。

玉蝴蝶　雅聚玉玲珑

2018. 12. 17

黄龙饭店刚造好时，家还住在松木场一带。饭店南向正对宝石山，门前有巨壁横书“悠然见南山”，巧用陶渊明诗意，现在这个门碑没有了。其时我在大学教书兼理校办产业广告公司，起初办公室也没有，每每与客户相约黄龙饭店大堂。二十多年过去，往事还如烟。是夜友人相聚黄龙之玉玲珑，喝了一点红酒，夜归填首词还是有那么点味道。玉玲珑，玲珑如玉，素手红盅，诗心如画玉玲珑。

琼阁南山对望，暮云岁晚，暖日初冬。
丽影清辉，熠熠璀璨黄龙。
寓廊台、凭窗绿竹，觅雅座、隐约仙踪。
玉玲珑。玲珑如玉，素手扶盅。

相逢。香华一叶，几多愉悦，谈笑如风。
浅韵嫣然，朵儿两靥袖颜红。
向谁言、浮生回数，更珍重、惜别匆匆。
意无穷。寄怀陶醉，夜月朦胧。

诗词二首　戊戌冬至惊鸿舞

2018. 12. 22

冬至之日，倚床成诗，遵嘱金兄再作《高阳台》词。

寒窗闲卧逢冬至，天道阳生气色昏。
昨日高台寻绿竹，今朝细雨闭柴门。
娉婷谁唱惊鸿舞，歌罢芙蕖酒一樽。
便倚床头听笑语，诗书万卷许乾坤。

高阳台

闲卧寒窗，恰冬至日，重帘不辨晨昏。
宿气阳生，天道自有因循。
昨日绿竹山深处，石阶高、独坐何人。
更吩咐、细雨今朝，轻掩柴门。

娉婷谁唱惊鸿舞，似修篁风动，波影缤纷。
歌罢芙蕖，却向清酒金樽。
且听笑语床头倚，但随心、遥寄轻云。
有诗书，相伴平生，还许乾坤。

忆秦娥　寒夜箫声

2018. 12. 28

夜深风寒，忽闻箫声吹奏，为 Memory 曲。思及苏轼赤壁之赋，“客有吹洞箫者，倚歌而和之”，“渺渺兮予怀，望美人兮天一方”。适时残岁将尽，寒夜无月，乃用李白“箫声咽”原韵作。

风幽咽。沉沉夜色寒无月。
寒无月。流年过往，又当抛别。

箫声吹送旧时节。思怀渺渺何曾绝。
何曾绝。寄身尘世，梦随仙阙。

飞雪满群山　丽人归

2018. 12. 30

今日飞雪，思及《诗经·小雅·采薇》，“昔我往矣，杨柳依依；今我来思，雨雪霏霏”。东晋谢道韫尝答谢安问，“未若柳絮因风起”。取调《飞雪满群山》，恰友人趣谈飞雪丽人归，因以名之。

天暗层云，楼台清冷，望空雨雪霏霏。
骋怀山远，回眸水近，寂声寒逼帘帏。
念香华悦舞，雅歌起、思余采薇。
我今来矣，迟迟行道，何处丽人归。

还记取、笙箫曾约定，一曲相吹彻，杨柳依依。
氤氲泉暖，冰清玉润，月光照影琼枝。
况东山谢韫，最堪咏、因风絮飞。
红巾翠袖，吟窗梦断人赋诗。

丁香结　白木香

2019. 01. 04

薄雨晓寒，对书茫然。却见友人淡雅花照，言春天所剪白木香花。乃知此花即为古人诗词中言及之沉香，忆及《丁香》之诗，虽此香非彼香，定然也含香。遂取周邦彦所制《丁香结》调作沉香词。

风入残宵，琐窗清冷，无奈晓阴微雨。
湿意盈寒树。宿梦醒、一点忧愁辛苦。
偶然心意倦，无由地、怅惘四顾。
回眸何处，馥郁淡雅沉香几许。

娇楚。记得酒归时，昨夜丁香谁赋？
素手拈花，红颜弄玉，怎般情绪。
轻拣春日绚烂，不语依眉妩。
东风知离恨，相伴朝朝暮暮。

临江仙　樽酒欲无言

2019. 01. 06

细雨溪桥天色暗，西风昨夜小寒。
历经世事说时艰。
相逢且对饮，谈笑过流年。

漫道此身还病酒，人生当尽余欢。
妙高台洌味醇绵。
翠樽效嵇阮，归梦竹林眠。

附记

茅台镇妙高台老总宴请，恰是小寒节令，席设杭大路，于我最有记忆。巧的是其夫人及小妹，竟与我有师生之缘。酒香绵软，余不善饮，却慕竹林七贤之放达。夜归酣梦，晨见诸人谈及艺术人生，谓书画诗酒看似无用，实则陶冶性情，美美自美。吾但言：世俗之用，关注人的社会功用和物质欲望；无用之用，则充盈人的内心世界和精神寄寓。如今大多不困于物，所以功利追求要让位于精神追求。庄子谓惠子："今子有大树，患其无用，何不树之于无何有之乡。”所谓无用之用方为大用。世俗之用，是他者目光中所获取的功利之用，虽有满足却未必心灵怡悦、精神充盈。超越功利的无用之用，闲情逸致乃性情所之，寄托性情即赋予时间以内容，于生命而言，实则真正的有用。恰美国李兄约刘庄茶饭，研究经济的老傅大谈时局而不能自休。我一旁打趣，“孔子曰：予欲无言。子贡问：子如不言，则小子何述焉？子曰：天何言哉！四时行焉，百物生焉，天何言哉?”傅君终于止言片刻，让两位诗人和李兄谈点诗评。餐后换场饮茶续谈，我则座间安静填词。归时天色已暗，我坚持走园中丁家山，薄暮中经过当年毛主席读书处，众人谈笑轶闻趣事。想来世事随风，挡不住一个“粪土当年万户侯”。

洞仙歌　效东坡丽词

2019. 01. 12

苏轼尝以《洞仙歌》写花蕊夫人，念其神韵，情怀无限。颇若惊鸿初见，意惊仙姿，虽无语处，依然绰约，遂用其首句四字。

冰肌玉骨，是芳姿初见。
画轴丹青也惊艳。
看翩然、照影明月流泉，更缥缈，一抹轻云舒缓。

任风霜雪雨，丽质天成，依旧娉婷韵清婉。
写意问何人，寂寞长怀，回眸处、几番辗转。
念素手、清扬婉如间，笑靥浅、徘徊向谁留恋。

风入松　腊日石人岭

2019. 01. 13

腊八节既是上古祭神的传统，又有道家五帝之会，更兼佛陀得道之日，牧女奉粥，方成宏愿。腊日偶然驱车入石人岭，也是愿力引导。东晋时点燃杭州佛光的慧理法师，晚年从灵隐寺退归，筑庵就在石人岭下。先前尚困惑，慧理的夕照庵到底在山的哪一边，现在看来定是在这岭北脚，即现今永兴寺这一带。这里是旧日三香古道，时路途曲折崎岖，西来香客经此处翻山越岭，可以直抵西湖南北诸刹。石人岭山径幽长舒缓，石级干净，清溪一路相伴，归来有赋。

晓来寒重意彷徨。腊日微阳。
但将节令由来说，宜骋怀、粥俗飘香。
推卷却寻高处，便当信马由缰。

偶然幽径入山乡。古道悠长。
石人岭下溪流浅，数峰青、梵刹深藏。
旧梦不关世事，寄怀草木苍茫。

高山流水　山泉

2019. 01. 17

《高山流水》词牌虽系南宋吴文英创调，然梦窗之作却也并不出色，此后几乎无人写过。友人见赠长白山莫涯泉水。高山流水，此调颇为对应，且以为词。

石岩一滴伴松风。寂无声、芳树春葱。
萧瑟冷秋霜，斜阳照影惊鸿。
泠清碧、洗尽漂红。
寒相逼，犹有涓涓细润，雪净冰融。
更蝉鸣夏日，夜月水朦胧。

潺淙。流泉远浮世，何处是、玉露瑶宫。
潭浅静涟漪，澹泊不慕湍泷。
落霞飞、野旷云空。
倚修竹、归浣天寒翠袖，邂逅相逢。
愿随香茗，与君饮、此杯中。

五福降中天　词牌故事

2019.01.20

腊梅花开日，古刹一树清妍。
轩阁对飞峰，寺外流泉。
微饮茶僧淡茗，细看香炉缕烟。
长老来时，正相约是大寒天。

澄怀几许，但寄意、诗文素弦。
欲向梵歌明月，未了尘缘。
晨钟暮鼓，佛国且留书一编。
浊世堪怜，俗家还比空门闲。

附记

《五福降中天》词牌，原本于宋徽宗崇宁年间一个叫江致和的太学生。《古今词话》谓：上元之夜，致和在京师宣德门外看灯，适会车舆上一妇人，姿质绝美，与致和目色相授，至夜乃散。致和恍然似有所失，归来遂作此曲。第二天他故地重游，至晚，车又来，致和以词投之。那妇人笑谓致和：今日喜得到蓬宫也。

蓬宫即仙境，江致和思那妇人，词结句为：路隔烟霞，甚时还许到蓬宫。故事到此结束，也是个美丽邂逅。今日适逢大寒，也是要图个五福吉利。相偕任平兄与大和尚谈点事，到得寺院见说大和尚去参加政协会，电话询问方知午间回来一会。素斋静待时大和尚归来，又许多人围绕餐桌谈事。坐等时听演浩法师谈今日灵隐茶会，是寺院扶贫推介僻乡山村之茶。待大和尚至，开言便问我何时退休。吾笑谓快了。其实我本意晚年在寺院里，静静地写点佛国文化故事，看来师父意思可能不止于此。想来我俗根未净，难到那个境界。早上出门浑家说我看见肉就馋，晚归朋友笑言可持爱心度过。吾且自随缘，最开心的是能做点喜欢做的事情。

暗香 空梅与俗梅

2019. 02. 02

偶然想到空门之梅与俗家之梅，往后该如何处置？梅约静坐是涵化自省和心灵超升，想来禅心雅韵全在于心。日间灵隐寺中忙碌，傍晚友人相约灵峰外餐聚，归来思及词友春节约填《暗香》《疏影》，且先用姜白石韵填一阕。

梵音空色。正向人说起，箫声芦笛。
僻径瘦枝，零落瑶台念谁摘。
却道春风去后，又一年、荒疏词笔。
但记取、雪雨霜怀，亭外冷吟席。

倾国。也孤寂。叹淡影玉颜，离恨愁积。
偶然咽泣。轻别芳魂最堪忆。
再约灵峰夜月，更古刹、流泉澄碧。
便不语、还相伴，禅心悟得。

古风　咏寺梅

2019. 02. 03

叨念梅花数日，逸兴未除，今日却别有清致。午后入古刹，事虽未谈却花知人意。夜归雨渐密，大喜。且看雨湿梅花。有谓我日前梅词，略觉凄清，盖未尽心意也。想到三十年前曾有文章写何逊《咏早梅》，今却效古风有作。

岁除心思淡，闲情任性开。
几番曾问讯，一意但徘徊。
涵香飞峰外，佛灯照楼台。
清影寄墨客，韵高骚人来。
寒寺尘声寂，夜雨湿新梅。

疏影　正月初一

2019. 02. 05

年初一，爆竹声中醒来。日前填罢《暗香》词，便有意再作《疏影》。道昨日年三十，恰是立春之日，颇有春节未至春先至的味道。醒来却见大和尚佛前祈福垂问，遥思僧院梅花相伴古刹修竹。寻思何处安排书屋，却是未来文章十年词笔，因此意而成篇。白石《疏影》原韵“昭君不惯胡沙远，但暗忆、江南江北”句，与诸韵有所出入，皆依古人。

怀冰抱玉。恰岁除夜雨，谁与相宿。
梦里湖山，峰下流泉，何人惊爆新竹。
春风入夜先归问，是梵刹、高台南北。
想梅花、钟鼓声中，一点烛灯孤独。

犹念修篁几处，更经染万卷，心碧长绿。
月淡茶清，虚室空明，藏阁还寻书屋。
暗香写就思如雪，又疏影、赋怀衷曲。
述古今、随我吟歌，任意自然余幅。

扬州慢　赋竹

2019. 02. 06

节前朋友相约填词《暗香》《疏影》。初一偕老母和远道而来的妹妹，一起外面走走，不觉便到了小和山上的金莲寺。登山路径，修竹万竿，前几日海外朋友约我赋竹，初二又见友人发扬州行游图，因想到《白石道人歌》中，与前两篇齐名的另一自度曲《扬州慢》，索性再效白石高韵。

叠岭衔云，碧连荒野，萧萧翠染山程。
任霜寒雪雨，自洒落苍青。
更浩荡、金戈铁马，悲风长啸，十万精兵。
待归来、学士门前，钟鼓香城。

放怀嵇阮，广陵歌、一曲弦惊。
正弄玉吹箫，潇湘夜月，斑泪含情。
看洗砚兰亭外，梅松伴、环佩琴声。
问知音高节，空怀谁寄平生。

满庭芳　因缘雅集

2019. 02. 09

感恩各位嘉友，《禅境墨韵：东南佛国诗词书法展》雅集功告圆满。无论是慈悲为怀的光泉方丈，还是几位领导和学人朋友，在正月初五良辰之日，相聚云林古刹美景，直指堂品茶谈艺赏心，超越世俗功利之事，古人谓四美俱二难并，今日尽皆成就。佛说因缘，这就是因缘。赋词以记。

禅院梅开，飞峰泉冷，算来嘉境多重。
良辰吉日，初五正相逢。
直指云林美景，赏心处、香溢茶盅。
写清韵、墨痕犹在，飘逸似飞鸿。

南无观自在，行深照见，五蕴皆空。
寄浮云、长怀襟袖清风。
歌罢蓝莲一曲，天心静、不问西东。
归尘世，因缘自期，四美二难同。

七律　孤山夜话

2019. 02. 15

飘雨入夜，思及孤山之梅，颇如孤山夜话恍入梦。宋初智圆结庐孤山，曾掘山取水，后苏轼造访命为仆夫泉。今西泠山前有六一泉，亦与苏轼恩公欧阳修有点瓜葛。晨写律诗一首。

夜雨中宵未入眠，孤山旧话忆清妍。
思怀疏影归残梦，寄意伯牙奏楚弦。
素韵冰肌凝月色，红楼眉蹙写诗笺。
鹤随人去花犹在，漫与芳魂说仆泉。

青玉案　己亥上元日

2019. 02. 19

春来雨雪不断，东风知意，正月十五小晴。吴邵二教授，久疏三人行。却是邵公常往温州，飞哥兼理宁波，杭州也难聚。今日西溪旧路，往事谈笑中，午间欢畅一碗面，归途见溪柳已然新芽。填词记之。

春来雪净钱塘路。看不尽、梅花雨。
解意芳馨还入户。
笑她无语，晓云晴色，偏是知三五。

踏歌约向西溪去。细柳新芽又重数。
莫问东风吹几许。
暗香灯火，伴君清韵，明月归来处。

五律　窗含梅韵

2019. 02. 20

寒假后初次去学校，办公室窗外的梅花，依然雨中绽放。冬去春来，雪侵雨淋，颜色还如故。午间特意到楼下去看它，雨中梅花，飘然欲零，弱质无依，竟有几分娇羞。且幸它香韵不减，仿佛待我归来。上午改学科申报至中午未休息，下午开完会稍觉困倦，思梅韵清香却也心怀清嘉。归闻灵隐寺展暂告段落，诗词书法作品，且置藏经阁佛像后加持。甚喜，随手五言律诗赋窗前梅花。

窗前一树花，灼若出朝霞。
万里思怀远，孤身渡际涯。
雪寒荒岁末，雨湿著芳华。
我自怜君意，无言享静嘉。

古风　孤山思怀

2019. 02. 24

放鹤亭边树，林逋种梅处。
鹤去人不见，空余梅影孤。
遥想当时路，僻径何辛苦。
雪净知花冷，日暮念人独。
湖水凝寒碧，寥落车马稀。
春风拂朝日，夜色两三枝。
寂寞无人晓，与谁相报知。
接邻有诗僧，遇逢最当时。
细雨间落叶，清风扫禅院。
晓看梅韵浅，宵饮茶香淡。
苍苍林木深，袅袅波含烟。
自许羲皇人，相聚此桃源。
东坡来过访，已去四十年。
疏枝还依旧，仰怀仆夫泉。
欧公荐惠勤，沧桑亦有缘。
道潜参寥子，再建智果庵。
百载千秋后，传诵文史间。
漫说苏堤柳，梦魂在孤山。

暗香伴疏影，风华世所罕。
寻迹林和靖，我亦念智圆。
踏歌追隐逸，神往心也驰。
不见梅花月，但有吟怀诗。
诗中有逸气，自然生态姿。
古今如有约，聊寄一怀思。

附记

午间思及孤山夜行，须得有一首长诗，庶几不负古人。乃效唐人古风，须臾一气呵成。趁难得天晴，且往西溪看梅。唯诗中典故，稍加疏说。自注云：林逋在孤山种梅养鹤，接邻而居是孤山诗僧智圆。智圆在中国思想文化史上影响很大，他故世四十年后，苏轼被贬杭州，第一件事就是拜访他的遗迹。智圆在孤山建玛瑙寺，当年种竹曾挖出一泉，苏轼命名仆夫泉。孤山南面还有个六一泉，因欧阳修号六一居士，苏轼第一次被贬来杭州，他的恩公欧阳修给他介绍了孤山僧人惠勤。苏轼第二次到杭州是出任杭州知州，其时欧公已逝，惠勤亦化去，苏轼访其旧居，惠勤弟子二仲言惠勤舍下本无泉，数月前忽泉出讲堂之后，汪然溢流。苏轼遂名此泉为六一泉，以纪念欧阳修。道潜又名参寥子，是苏轼诗词中写到最多的僧人。参寥子的智果禅院，也建在孤山。

翻香令　结香花词

2019. 03. 05

记得小和山家园多次见到结香花，老父生前曾有次言及此花，然而一向不知其名。结香乃木本之花，花先于叶，有花无叶，芳香馥郁，味甘可入药，其枝柔韧可打结而不折。传说此花有关秦始皇时期宫中情爱故事，又民间男女以其花枝打结许愿，兆吉梦又称梦花。时春雨绵绵，花影淡浴兰汤，屈原《九歌》有句："浴兰汤兮沐芳，华采衣兮若英。"遂用《翻香令》调作结香花词。

弥蒙丝雨馥清芳。可怜不识结花香。
丛生处、临幽径，夜色深、影淡浴兰汤。

寓怀千古梦悠长。梦随花语溯秦皇。
树缠结、枝柔韧，寄思怀、分愿许衷肠。

七律　山中即事

2019. 03. 07

山中是中国古典诗歌的传统主题，对中国古代士人而言，具有特别的象征。然自古而今，真正长隐山中的并不多，但往来山中的却不少。余偶然居于山中，早醒闻鸡鸣，起身独自行遍山中路。见庄主新种梅花五十株，想昨夜围炉夜话，今晨独行竹径，乃随吟一首。

昨夜围炉闲话晚，山居早醒有鸡鸣。
窗前几叠峦烟淡，门外一渠涧水清。
庄主僧谭空室静，竹风草湿我行轻。
梅花五十新栽就，偶涉城中老客声。

水龙吟　古玉

2019. 03. 09

日间应邀观青田石雕之展，因及良渚古玉。恰是二月二龙抬头作《水龙吟》，乃以此调咏古玉。词中用典，融入远古传说，《尚书·尧典》所谓："汤汤洪水方割，荡荡怀山襄陵，浩浩滔天。"是以古玉乃女娲奇石补天洒落，又荆山下和抱璞人不识，秦穆之女弄玉凤台笛箫。当是洁质冰雪，千年磨砺自温润。

汤汤炎火云烟，补天五色称奇石。
飘然万里，荆山流落，女娲遗迹。
抱璞藏珲，竟无从识，楚人长泣。
更秦王左右，相如睨柱，奉还赵、归完璧。

弄玉风清月白。待箫史、凤台吹笛。
蓝田日暖，冰壶如雪，琼光瑶席。
磨砺千年，自然温润，傍依魂魄。
是襟怀、质洁犹当寂寞，素妆颜色。

八声甘州　词吟柳永

2019. 03. 19

日前讲宋词归来，原有意填词，奈连日不适，今且补写。苏轼尝谓柳永《八声甘州》词，不减唐人高处。今用其原韵为咏。

问谁高处不减唐人，潇潇写清秋。
又浅斟低唱，偎红倚翠，楚馆秦楼。
日暮征帆远去，欲语泪还休。
萍影天涯外，一任漂流。

记得晓风残月，梦回杨柳岸，雨歇云收。
恨浮名误我，往事最勾留。
叹芳踪、琴歌声断，怎如她、伫望觅归舟。
还留得、千般羁旅，万古离愁。

诗词二首 京华归来一丛花

2019. 03. 22

北京开会，未名湖感受中国学术清鉴；雍和宫走近藏传佛教，雍正即位前的王府雍和宫，后来辟为最皇寺，故其风格颇如旧时宫建。圆明园的正觉寺，也是一样模式，异于中国汉传佛寺的传统风格，略如北京故宫，应该有些北方游牧民族的痕迹吧？高铁归来，杭州细雨，乘车随吟一律。北京天色竟然比江南还要蓝，问及朋友，说是两日风大之故。不过还是更喜欢江南，楼下一树樱花，花下一株海棠。年年樱花季，海棠依次开。偏是春分日，忆远思楼台。相顾花无语，应知我归来，吟律一首复为填词。

潇潇灯影夜归迟，正是江南细雨时。
弱柳轻斜风曼舞，樱花无语净芳姿。
京华云影含天色，西子清波惹相思。
且约苏堤花满路，春风有意入新词。

一丛花·樱花海棠

楼台回望一丛花。高树沐云霞。
繁枝素裹柔如玉，也无语、尽占枝丫。

年年此时，东风有意，妍洁淡妆奢。

游踪偶尔向天涯。春分更思家。
海棠夜色依偎处，看灯影、如若轻纱。
遥想何日，花前月下，吟曲听琵琶。

瑞龙吟　龙坞茶山

2019. 04. 06

昨日有意填词未就。茶村几番曾去，颇有往事之思。晨起读前辈学人吴世昌先生谈词文章，论花间词孙光宪之作，言其独特之见，愚意有所不同。又举例周邦彦《瑞龙吟》词，此长调 133 字从未尝试，今日且为试手。

茶山路。风暖绿意云深，叠峦春树。
徘徊堪忆当年，浅溪竹影，曾经去处。
但凝伫。隐约隔阑难辨，旧时门户。
春风迢递流云，茗香不系，喧声笑语。

前度刘郎寻访，几番往事，翩然闲步。
依旧洒落情怀，疏放如故。
犹记石坐，谁与吟佳句。
何须说、西园燕饮，东城歌舞。
莫道韶华去。任从鬓发，无关意绪。
慷慨思千缕。还再约，流连春花秋雨。
婉然一笑，浅茶飞絮。

凤凰台上忆吹箫　寻找珙桐

2019. 04. 13

重寻灵峰却是为了亘古的传说。珙桐又称鸽子树，这古老的孑遗植物活化石，其所在的新生代第三纪晚期，距今已是2600万年到300万年，模糊的时间概念显示了历史的虚无和人世的渺茫。记得曾几番来此，瑶台香云微雨凭栏，笼月楼前眠云阁下，笑谈青梅煮酒了平生。而今站在树下，杳然不知情何归。夜来填词，以赋青梅之思与珙桐之悟。

芳树花疏，春风渐老，西园绿影如屏。
最喜是、虬枝密叶，梅子青青。
但指瑶台深处，还记得、微雨阑亭。
凭谁问，眠云阁旁，笼月楼庭。

遐想论书煮酒，酬知己、吟歌谈笑平生。
便青史、尘封万卷，不掩娉婷。
凝目鸽飞缥缈，都看尽、多少枯荣。
珙桐下、嘉木漫说年庚。

七律　题画一则

2019. 04. 20

谷雨春将阑，前两日颇有夏意欲来之感。是昨夜吾家有山间小景初成，问画意何如？对曰思一方净土。且作律诗题之。

繁花谢后柳吹绵，宿鸟声中谷雨天。
湿气氤氲风欲夏，春归何处最堪怜。
丹青寄意苍山外，夜月悬辉木屋前。
举目浮云心自远，旷怀无迹抚清弦。

蝶恋花　草韵随赋

2019. 04. 21

晨兴观诗词大赛视频，有飞花令及草字，看年轻选手背了许多诗句，都没有人提及欧阳修那句“草薰风暖摇征辔”，也没见苏轼的“我欲醉眠芳草”“莫教踏碎琼瑶”，柳永的“草色烟光残照里，无言谁会凭阑意”，黄庭坚的“瑶草一何碧，春入武陵溪”。似乎连“天涯何处无芳草”句也没听到。忆及当年朋友弘放，常谈笑夜深，有次半夜犹觉不尽兴，又驱车十多公里外小和山漫步乐行。而今春风渐去，院里蔷薇翻越石墙，椿树枝丫香嫩，小园中幽草随意而生。却喜楼前流水，依旧绕行而过。且依苏轼“天涯何处无芳草”韵。

石上蔷薇花叶小。一树椿芽，绿水窗前绕。
绿渐清新红渐少。闲园随意生幽草。

最爱青山临栈道。犹记当时，明月相谈笑。
却道年来游步悄。春风何必添烦恼。

水龙吟　暮春碧水清茗

2019. 04. 27

蒙友人相邀，茶山餐罢碧水茶座。野云细雨，清幽仙境，重峦叠翠，倒映碧湖。谈笑随心，尝言及旧梦万里貂裘，何如今日愉悦，却有利端粒增长。俗世不管春将尽，吾心在青山碧水之间。忆及陈亮有《水龙吟》暮春词云："恨芳菲世界，游人未赏，都付与、莺和燕。"世人未赏我独赏，一杯清茗与君坐，不亦乐乎。遂以此韵，聊且为记。

暮云不管春归，野风未老花先倦。
茶山近处，樱桃初熟，绿肥红浅。
微雨来时，满湖凝碧，更无人管。
数重峦倒影，与君相对，便欣赏、莺和燕。

最是风华无限。且回眸、几多清婉。
平生旧梦，貂裘换酒，关山渺远。
空有诗书，玉壶冰洁，任从萧散。
念流年、幸有青山伴我，此时留恋。

贺新郎　杜鹃花开

2019. 05. 02

杜鹃是鸟也是花，杜鹃鸟又叫子规、杜宇，相传是远古蜀帝杜宇魂化而来，因其口舌皆为血色，其声清脆而若有思，古人谓啼血杜鹃。杜鹃鸟鸣时，杜鹃花正开，古诗词中多有写。适值春归，且以《贺新郎》调写杜鹃。

尽道春将暮。
野云飞、苍峦盈碧，乱红无数。
吹落残花知多少，犹自随风漫舞。
更绮艳、枝头不语。
韵致妆成何必画，倚天然、造化红颜女。
还记取，情几许。

闻言蜀鸟魂归路。
楚山空、子规啼时，一川烟雨。
谁会凝眸凭阑意，夜月声声杜宇。
便泣血、泪沾襟处。
莫待杜鹃花开后，问何人、解得君心苦。
芳草远，柳飘絮。

定风波慢　仿柳永笔法

2019. 05. 03

向日讲宋词，曾谈及晏殊抑柳永之“针线闲拈伴伊坐”词，原本是写女子“日上花梢，莺穿柳带，犹压香衾卧”。此调未曾写过，且仿柳永慢词笔法，用湘云醉卧图，作春闺梦醒词，但不似他俚俗，更为雅致些。

隔窗棂、宿鸟轻声，无端枕上梦破。
梦里巫山，云烟万里，都不曾留个。
暂依偎，意犹惰。还拥香衾柳腰卧。
娇娜。玉臂冷秀胛，清肩含锁。

遣怀意婆娑。怪芳华、未解人簪朵。
待回眸，恰是嫣然一笑，相约书生坐。
说词章，理书课。闲插花枝偶吟和。
君我。对饮茶樽，如何消磨。

声声慢　微笑之日

2019. 05. 08

闻道5月8日是世界微笑日，且作微笑词。《声声慢》调北宋多为平声韵，后因李易安“寻寻觅觅”词盛名，世人但知其“凄凄惨惨”齿声仄韵。今依晁补之格式，用吴文英韵，借湖山照影，聊表微笑情怀。

停云思远，日暮春江，湖山何处相逢。
碧波涵影微雨，翠黛颜容。
柳梢不怜飞絮，看蔷薇、含笑春风。
但记取、踏歌溪桥路，天净心空。

尽道孤山夜话，旧时月、朦胧一片飞鸿。
往事玲珑如玉，意淡情浓。
瑶台暗香鬓发，觅珙桐、野径花红。
解花语、笑谈随君梦，尽付杯中。

宴清都　孤山有约

2019. 05. 15

五日前与柏兄、湘君孤山之约，云以《宴清都》记此行。连日忙碌未能清心，俟及今日方得填词。孤山素为西湖之魂，最喜山北人声寂静处，常独往幽思如与古人对话。思绪总是特别渺远，漫说清代行宫早已颓残，更不在意苏曼殊、秋瑾那些近代人物，穿越千年之上直接对话的，往往是白居易、林逋、智圆和苏轼等。这便是我的孤山旧梦，积淀愈深远，愈觉有诗意。

寂照知何处。孤山外，四围清绝无数。
坡空玛瑙，鹤飞无迹，但余烟树。
斜阳一片云亭，照书院、苍茫几许。
印痕浅，塔影泠泉，谁将往事回顾。

庐前雪冷梅香，禅林夜月，依稀归路。
宫残断壁，崖存隐约，梦随人去。
新荷最是勾留，且尽兴、吟怀歌赋。
唤乐天、闲话词章，东坡为侣。

汉宫春　大风起兮

2019. 05. 27

噫气长风，起青蘋之末，飘忽淜滂。
夫惟号呼万窍，激怒飚飏。
泠和凌厉，更危崖、古木苍茫。
还举目、楼台看尽，浮云舒卷飞扬。

缥缈楚王宫阁，正郢都旧梦，落日临江。
共谁三分天下，进退兴亡。
帆樯夜月，浮沧波、直下维扬。
何必论、雄雌有别，依然天籁清凉。

附记

傍晚时飙风骤起。想到古代宋玉对楚襄王说，风有雌雄之分，大王之为雄风，庶民之为雌风。我读大一那年，浙江话剧团演陈白尘的《大风歌》，印象最深的是诛灭诸吕时，周勃与众将士击盾长歌的场景。不想大约两年后，在学校里演话剧，当年扮演周勃的戈挥老师来学校帮我们排练。有次演出根据鲁迅小说改编的话剧

《在酒楼上》，戈挥帮我化妆时还说，我五官长得很端正，要稍加画破一些。不觉又过了十来年，我兼理广告公司，有次拍广告片，朋友竟叫来戈挥老师饰演广告中角色。真是世事如风。恰有事问当年弟子，谓在荆州老家。荆州旧时也叫江陵，濒临长江，即古代楚国之郢都也。三国及六朝时期，控长江中上游咽喉，每及金陵江山飘摇，则舳舻千里，直下扬州。思及苍茫，庄子谓风为地籁，大块噫气，万窍号呼。天籁则吹万不同，使其自己。故世事得失，何必雌雄之别，天地自有清凉。因想辛弃疾有几首《汉宫春》都曾写风，此调久未作，何不借以赋风？

南乡子　端午暮色

2019. 06. 07

赛龙舟就在小区旁边不远处，每年情景也都差不多。今日早晚看了看场子，但没有看龙舟竞渡的场面。暮色苍茫之际，喧闹的河边一片宁静，其时龙舟归去，桥上空余彩旗缤纷。平时很少喝酒，晚间是今年第一次家中饮酒，一杯红酒竟销魂，但觉不胜酒力。躺在床上填词一首。

落日静无痕。桥上旌旗舞世尘。
箫鼓竞舟都过尽，黄昏。斜照空余几片云。

重午自缤纷。暮色楼头独掩门。
却是伴君闲话处，销魂。一曲新词酒一樽。

祝英台近　野运河觅踪

2019. 06. 11

沿大运河出余杭二十余公里，至桐乡大麻镇。谷歌地图可见，京杭大运河在此有个分岔。乃寻迹觅踪，远僻村外野径荒陌，却很见运河本色。意外发现有宋代古刹德政禅寺，北枕运河静静坐落在阳光下，午间人迹少有则更是清幽。穿越田野至河堤，待觅见运河分岔之处，欣喜万分。悠悠河水不知看尽多少沧桑。

野田风，桑陌路。荒径没丛树。
寂寞苍苔，离岸远青浦。
草深宿鸟惊飞，石阶隐约，向谁问、旧时津渡。

伫立处。河水分逝茫茫，征帆留不住。
禅影千年，相送竟无语。
又闻梵刹钟声，炉烟一缕，更阅尽、古今风雨。

南歌子　新荷旧友

2019. 06. 13

年年此时写荷花，曲院有小桥荷友，今日待去看时，却飘起细雨。沿九里松驱车而行，但想清妍寂寞，夏日朝云暮雨，涵珠如泪总记旧容颜。几年前尝有《南歌子》三首写荷，今且再作一首。

楚楚人无语，珠莹泪眼中。
秋云夏雨沐清风。
记得去年相顾太匆匆。

梦绕湖山路，思连九里松。
可怜新叶忆惊鸿。
独向小桥临水淡妆容。

减字木兰花　梅雨夏至

2019. 06. 21

江南梅雨季节，又闻今日节令夏至。凌晨四点多醒来，但觉近来烦扰之事颇多。世事缭乱原不必多想，有些计划也无须考虑。有道是退一步海阔天空，孔子不是说过吗："及其老也，血气既衰，戒之在得。"想到此便觉一身轻松，其时晓色初露，恰朋友作《减字木兰花》词，谓我疏远了荷花，因以有作。

聆窗夜雨。宿梦醒来人不语。
最是无端。扰乱心思为恁般。

芙蓉笑我。六月荷风都错过。
晓色来时。世事浮云但作词。

七律　乾隆输文采

2019. 06. 24

乾隆曾多次下江南，以杭州为目的地，最爱题字写诗。此君写诗四万多首，其数量近乎《全唐诗》。过龙井山园，从风篁岭到棋盘山，再折回到龙井村，随处可见乾隆题字，龙井山园还专建有乾隆诗碑廊。可惜御制诗竟没一首能让人记住，这也堪称古今一大奇迹。曹丕尝谓："文以气为主，气之清浊有体，不可力强而致。"想那乾隆聪明过人，虽不枉为太平天子，然终乏才情也。随咏遂为游戏耳。

风篁岭上老龙村，绿染茶山草木深。
石径沿阶连古道，御题随处有涂痕。
一生御咏真天子，四万诗吟暂寄存。
可奈文章辞采逊，半因风度半因君。

少年游　桃李分袂

2019. 06. 30

今日我指导的两位博士生刘晶和吴倩授学位，一位归湘中，一位赴青岛中国海洋大学。又有小师妹刘璇已在沪上工作，因出国延时一起颁发硕士学位证书。学海相逢，师门桃李，临别叮咛，乃作《少年游》相送。

天涯何处不相逢，相聚却匆匆。
春归桃李，夏荷冬雪，秋雨问梧桐。

紫金港湾西溪水，还忆运河风。
岳阳楼上，浦江琴岛，天际看征鸿。

惜红衣　西城词客

2019. 07. 01

姜白石《念奴娇・闹红一舸》写荷，素喜其小序有云："余与二三友，日荡舟其间。薄荷花而饮，意象幽闲，不类人境。秋水且涸。荷叶出地寻丈，因列坐其下，上不见日。清风徐来，绿云自动。间于疏处，窥见游人画船，亦一乐也。"吾因以思忖，他日赏荷，当做如此之游，乃作梦荷词。

夏雨微烟，孤山絮语，夜阑声寂。
一叶凌波，红蕖映清碧。
芙蓉梦里，还道是、曾经相识。
咫尺。素袂随风，问西城词客。

花魂玉魄。轻靥生姿，相依在人侧。
冰肌淡抹月色。最堪惜。
世事且休回顾，但说此时消息。
更晚凉时节，闲约小舟芦笛。

霓裳中序第一　再访荷友

2019. 07. 07

话说二十多天前匆匆看过荷友，却是微雨花未开。当时便约再来看伊，不料日来疲劳，匆匆竟至今日。到得小桥旁，却见花色渐已倦，唯一枝素妍似待君来。此花野生无人留意，我心怜它甚觉歉意，约外出回来再去看它。平生第一次填《霓裳中序第一》，且是为它。

荒桥近水陌。乱叶扶疏丛草泽。
摇曳一枝幽寂。况冰玉素姿，清怀沉默。
斜晖脉脉。过尽游踪不曾识。
谁怜我，几番照影，别后更相忆。

萧索。冷香凝碧。夜月只待君消息。
芳思皎洁弱质。暮雨晨风，倦了颜色。
叹天涯咫尺。欲与说时愁已极。
叮咛处，早些相约，最是要珍惜。

忆旧游　千岛湖上

2019. 07. 12

船游千岛湖，闻言千岛湖五百平方公里，大约是西湖的三千倍。雨中游湖别具一番风味。忆及几年前与邵、吴二教授，共北京杨社长及诸友同游，其时也是细雨潇潇。记得那晚大家一起喝酒畅叙，有白酒红酒杨梅酒，竟是众人皆醉唯我独醒。前两天记不清当时具体时间，只记得薄雨清寒，邵教授却稍怪我当时未写诗词。如是这般，决意此番填《忆旧游》，盖追忆旧事也。

看眉峰浅黛，星岛盈波，无限妖娆。
五百里澄净，道三千西子，明媚多娇。
望中一片清景，深碧入重霄。
况云影天光，风轻日暮，曦照晴朝。

逍遥。最堪惜，恰归去来时，烟雨潇潇。
往事依稀处，忆当时谁共，沉醉连宵。
夜阑把酒相嘱，宿梦也魂销。
叹风雨流年，湖山不老人渐憔。

高阳台　雁荡山畅想

2019. 07. 17

有朋友雁荡归来，乃以为词。初闻此山是四十多年前，有同学来自乐清，告余曰乐清之名，得之于仙人王子乔骑鹤吹箫。其后曾多次去温州，雁荡山惜未踏足。沈括《梦溪笔谈》讲谢灵运游遍永嘉山水，也不曾到雁荡山。因想那谢公游冶山水，原本就是在铺张发泄，雁荡奇险包藏深谷之中，他心怀遮蔽自然难及，此也不足为奇。倒是历来隐修僧人比他更有趣，而雁荡之名，也得于唐末诗僧贯休。《徐霞客游记》提到雁荡山寺庵近二十处，最喜其中所说的云净庵清隐僧，卧床数十年，尚与客谈笑。遂依清景清箫清隐作。

千尺穹崖，龙湫雁荡，巉峰壁嶂摩霄。
乱涧穿流，碧潭水激声滔。
冰壶瑶界方清净，便得留、鹤引仙乔。
倚灵岩，望海飞云，物累轻抛。

可怜谢屐都行遍，最堪嘉胜处，不见岧峣。
佚冶心思，深谷遮蔽蓬蒿。
贯休宴坐观山雨，有庐庵、暝色深坳。
问谁人，归去来兮，高处闻箫。

齐天乐　咏蝉

2019. 07. 19

客厅进来一只蝉，断续“知了”声清亮。难道它知我有咏蝉心思，趁昨夜月色清明，露台浇花之际随入？宋末王沂孙咏蝉词，过于伤时凄苦，今且依其韵，但写蝉意清高也。

暑风吹夏来时路，浓阴绿窗庭树。
裁剪冰笺，轻吟薄翼，方得清音如诉。
晨间细雨。问纱叠重门，却如何驻。
更且无言，料知君意已心许。

西城昨夜月色，照楼台冷落，凉叶涵露。
澹泊孤怀，琴丝断续，犹伴风华一度。
芳思也苦。况禀性清高，世途凄楚。
曲尽其衷，任秋归雪缕。

七律　大暑清荫

2019. 07. 23

大暑炎热之际，最堪清凉幽境。与朋友倾谈文化叙事略无拘谨，谈笑风生畅快淋漓，宛然清风消夏，不觉天色已晚。归来草草律诗为记。

天蓝云淡日鎏金，夏暑清凉那得寻。
高阁楼台衔古树，回廊幽境觅浓荫。
倾怀酣畅人间事，谈笑舒然自在心。
相顾无言谁会意，清风不觉入衣襟。

婆罗门引　灵隐晒经

2019.07.24

晒经日是每年的六月六，江南寺院要持续到梅雨后。日间入灵隐已是近午时分，就近停车场走到藏经阁，路虽不长人却大汗淋漓。餐后随行寺中，正晌午的阳光下依然香客纷纷。归来填词《婆罗门引》以记。

慈光慧日，妙香高阁照窗栊。
经藏祇漆树园中。
梵刹一年一度，偏共暑天逢。
万卷深邃处，总是匆匆。

楼前竹桐。绿叶坠、落花丛。
看惯晨曦暮色，霜露残红。
秋云冬雪，对夜月、灯影朦胧。
禅心静、五蕴皆空。

西吴曲　旧梦长安

2019. 07. 30

追剧《长安十二时辰》，边看剧边读史，又一口气读完了小说。想来年轻时都有过大唐盛世梦，崇尚英雄崇尚功名。不期竟翻到早年所作的诗词，最早的已经有 40 年了，现在看颇觉稚气。其中 1980 年在西安所作《过华清宫二首》，分别写杨贵妃和唐明皇。又有毕业那年作《西吴曲》，依辛派词人刘过原韵，颇有豪放之气："寒光牛斗，待八万里归来，笳鼓竞西风，谈剑酒还冷。"今且依其原韵，再作今日之叹。

旧怀书事偶然省。记当时趁酒醉犹醒。
少年都渐忘，而今回首萍梗。
过往风华，皆换作烟波归艇。
漫说是豪气功名，看不尽夕阳清景。

史章凭吊，宫阙向骊山，空余树痕老瘿。
日暮景。羽衣歌罢长安，君王无语，太液芙蓉幻影。
浮生堪笑，便四十载江山，荒草掩尘埃，残照月光冷。

看花回　特洛伊

2019. 08. 17

碧水沧波，琴海落日如血。
问三千年故国，木马今何处，乱石荒骨。
残剑矢飞，照见青丝生白发。
金甲冷、樯断潮声，十年征尘旧城阙。

看卓荦、长编独绝。特洛伊、那时人物。
还为红颜一怒，蔚蓝共挥别，多少豪杰。
绕指柔情，最怜佳人百炼铁。
叹诗史、沐寒热，说尽风和月。

附记

布罗代尔在他的著作中说，文明的产生、稳定和成长需要经过难以计数的时间。如此说来，我们既然把那个时期的记忆称为希腊文明，而不是简单归之为一种文化，大概是因为在那种记忆中，自然与社会、神话与历史、艺术与现实、日神与酒神，形成了完美的交融。所以即便特洛伊战争这样残酷的十年搏杀，在英雄史诗中也化作美女海伦的嫣然一笑。正如马克思所说的那样，希腊神话是人类童年时期不可企及的范本。在外数日流连，归来且为特洛伊古城填词一首。

南浦　荷风十里

2019.08.21

昨日午后，与湘君约曲院，看过荷友又趋孤山。随兴所谈史迹、诗词、游踪。言及白石停舟荷下，稼轩使事用典。湘君尝见阿拉斯加广告词“Why are you here，you are still so young?”因思纽约李君谓我诗词绮丽，却想少年崇尚豪气之词，然毕竟不知世事。待沧桑闲来已无绪，不写风月更无绪。恰十里荷花，几点白帆，远山如黛。暮色归时，南浦送君又如何。因以为词。

正十里清荷，看黛山、滟滟水边江渚。
依旧倚斜桥，凭幽静、如待君心微渡。
江南梦里，此生最是芙蓉浦。
随意吟歌还共酒，一叶小舟深处。

何人笑我疏狂，甚词章、尽付娇花软语。
廉颇已沧桑，英雄气、都作少年回顾。
徘徊几许。菡萏香韵凌波步。
明月清风当汲取，休待落花迟暮。

木兰花慢　棉花堡

2019. 08. 23

欲以中国古典诗词表达域外情思，早几年虽曾写过，日前又有《特洛伊》之作，但感觉还是难适应。打算把这次行游分别都写一遍，希望探索提高。但写完仍然觉得不满意，中国文化有自己的传统积淀，诗词意境某种程度上，通过意象可以留白。写域外则有所障碍，感觉表达还是不得要领。诗词简赅毕竟难达叙事意，须与游记参看。

落日熔古国，乱石近、远山低。
看断壁残垣，连绵草色，夕照斜晖。
荒城繁华已尽，纵苔痕斑驳旧奢靡。
希腊魂归罗马，为谁泉鸟空啼。

浮云来去若鸿泥。往事叹依稀。
但剩得千年，棉花堡上，汤水淋漓。
遐思骊宫飞越，有凝脂出浴自徘徊。
容我沧浪濯足，暖风欲解征衣。

古香慢　新秋待卿时

2019. 08. 31

秋天是从容读书的季节，争取不再那么紧迫地写东西。有朋友诗中写到桂花，九月桂花秋露。闲适想到稼轩词所说，“凡我同盟鸥鹭，今日既盟之后，来往莫相猜”。日本《万叶集》中有俳句云：“九月露沾身，待卿于黄昏。”取吴文英自度曲《古香慢》调，且为此心清闲从容一赋。

夏云渐远，秋意随风，吹尽残暑。
绿树蝉声，别去不知薄羽。
烟柳系斜阳，看楼外、归舟日暮。
念新凉一叶落照，韵涵水墨无数。

漫说道、年来清苦。吴越丹青，帆影江渚。
黛染溪山，怪我有疏鸥鹭。
九月待卿时，只消得、吟歌竹浦。
乱翻书，且休顾、桂香沾露。

踏莎行　合向城西住

2019. 09. 01

周日秋风秋雨，因事往来多处。上午驱车西溪，趁便小伞雨中独行；中午汪庄会友，餐间议论风发，徐又且流连西湖波光，下午又向龙井山园。却是一日之间，看遍杭州美景，周日充实莫过于此。晚归校友谈笑，随作小令。

细雨迷烟，秋风沾露。一竿小伞从容处。
独行芳草入回阑，阑边燕子随风去。

波漾湖光，山连水渚。经年走遍溪桥路。
西溪清碧鉴西湖，浮生合向西城住。

花发状元红慢　赋秋

2019.09.04

《花发状元红慢》又名《素蛱蝶》，原系北宋刘几所度，后人填之者甚少。时值中秋，又当秋雨连绵，因念古来秋风之辞。《诗经·秦风》即有蒹葭白露之句，《楚辞·九歌》屈原有“袅袅兮秋风，洞庭波兮木叶下”，宋玉所谓“悲哉，秋之为气也”，汉武帝有“草木黄落兮雁南归”，更兼柳永“对潇潇暮雨洒江天”，秦淮海有驿亭分袂之句。如此多秋天的伤怀，都不如陶渊明东篱把酒夕阳秋菊，旷怀高情一如苏东坡赤壁之下，明月之诗窈窕之章。且学白居易山寺月中寻桂子，是杭州秋日之乐也。

蒹葭白露，袅袅秋风，晚凉洞庭水。
江天迤逦。更寥廓，宋玉悲哉其气。
草木摇落兮，千里雁归无留意。
问何人、暮雨潇潇处，满目清泪。

念古来伤心事，冷月凝霜，驿亭飘袂。
一棹离帆，别恨味。更休道、宿夜憔悴。
夕阳犹自乐，斟酒倚阑东篱醉。
且吟歌，有赤壁赋怀，山寺寻桂。

露华　河风前尘往事

2019. 09. 08

白露之日，午后与张律师相约，地铁直到浙大紫金港西区。感叹新校区建设之快，似乎去年漫步时还是一片绿野，恍然有前尘旧事之感。西门出来不远余杭塘河杨家桥，有水上巴士停靠处。早两年多言及乘舟游兴，却是未曾如愿，今日恰是天遂人意。官塘乘舟向东入运河主道，武林门码头下船。这一乘水路，真个是风光无限。步行尽兴略有倦意，归眠醒来填词，末句典出孔子使子路问津，莫非也有渔夫之意?

雁归渐远，恰清风淡淡，秋露霜魂。
便从桂约，犹当香蕴初闻。
绿野踏行深处，记当时、漫步黄昏。
浑觉得，人生世事，尽是前邨。

却寻去年兰舸，一棹渺清波，挥别西门。
柳垂岸草，旧时照影浮云。
看惯夏云冬雪，任流光、漂水无痕。
空阔处，凭谁执舆问津。

踏莎行　中秋兴致

2019. 09. 13

清早见有作中秋词，却思年年明月中秋，竟不知如何赋新。好在人生秋色更自然，夜月入怀舒袖，随心皆如意，随韵作小令。

荷影清风，桂香浅露。
江南又是秋佳处。
惯吟风月最关秋，秋来兴致如何赋。

夜月经年，湖光如故。
无聊幸有文章著。
遥思明月应怜君，仲秋更为嫦娥舞。

七律　赋杭大女子咏荷

2019. 09. 19

美国加州金兄，于杭大人群中倡导诗词创作，又得群主密西根安娜堡温君正式出版。一时歌者如潮，间有雅集，尤以北美校友最为踊跃。日间既有咏渔齐唱，又见咏荷连篇，且咏荷十二首者皆女同学，写诗填词最是用心，堪称十二金钗。虽则夏荷渐随秋风凋，也因写意香韵回。因以赋诗，聊为一赞。

芙蓉映日与谁开，翠叶连天簇目来。
但约湖光常潋滟，相依山色共徘徊。
婷波夏雨随风去，雅韵秋云写意回。
歌罢金钗偕十二，清香一朵上莲腮。

歌行体　汾水秋风行

2019. 09. 24

汾水归来欲填词，但觉词体有所限制，又思以绝句组诗，然终究难以曲尽其意。尝谓颇喜唐李峤之《汾阴行》，逸兴所在乃仿其体，初次染指歌行。诗中故事有及：尧舜卫霍，介推关羽；鹳雀楼外柳河东，蒲津渡口杨玉环；黄河相望结秦晋，西厢绣阁莺莺传；汾水流千古，秋风汉武辞。

君不见九月河东涵秋影，汾水南向又西行。
天蓝云淡看秋色，水随天去云俱飞。
万里云天竞寥廓，长风犹伴秋雁归。
归来却寻旧踪迹，古国尧都觅陶唐。
姑射山中神人居，窅然自失水之阳。
欲付天下何所寄，侍舜娥皇与女英。
允执厥中得天道，从此汾水沐清风。
将军无以出身贵，八千铁骑迂高寒。
至今犹思汉家事，长驱漠北匈奴残。
卫青不败得天幸，骠姚年少更封侯。
匈奴未灭家未许，遥望茂陵起清愁。

便欲沿河直北上，白云深处访绵山。
绵山百里多草木，隐者栖居在山间。
割股奉君岂为报，餐风宿露十九年。
富贵功名如尘土，却令寒食断炊烟。
烟霭散尽波渺渺，汾水见入黄河流。
河道九曲东向海，河岸谁登鹳雀楼。
秦峦豫水晋台阁，白日依山画屏秋。
回首却见蒲津渡，开元横波铸铁牛。
关公故里参天树，贵妃身世柳河东。
西厢谁写莺莺传，四围山色有无中。
万载千秋览今古，慷慨浩叹逝如斯。
逸兴飞来且作赋，长歌又是秋风时。

月华清慢　觉陇桂庐

2019. 09. 30

接连几日在满觉陇，先是传播学会议，后是桂庐饮赏。老友新朋，畅叙秋怀佳气。停座茗香，竟然一点桂花落杯前，甚是喜人。四围山色桂影，不远处又往来江桥，一点世俗都抛却。且喜有香博士婉转歌喉，悦博士窈窕起舞，茅台未饮人先醉。恰校友谈词，乃以为赋。

风淡云轻，庐前清茗，觉陇何处寻桂。
雅座幽怀，一点落花樽际。
但欢聚、悦舞香歌，酒未到、却人先醉。
适意。引杯谈笑处，旧时相识。

举目空山叠翠。更洒落秋光，影飞霞蔚。
隐约江桥，世俗都随流水。
且休道、玉箸金尊，君与共、此中滋味。
佳气。便生成风月，自然旖旎。

戚氏　重阳日长歌

2019. 10. 07

恰秋风起兮荷叶未凋，云淡风轻柳色绿。吾家丹青每山高树深，江流系归帆。因念此心淡泊，有慕渊明自然，不乏禅家空寂，但亦参乎诗酒风月，不做离尘弃世苦修行。思忖之间，窗外笛声飞来，遂选调《戚氏》略写此意。

渐风寒。湛淡云影晚秋天。
绿倦花疏，一池荷叶未凋残。
悠然。独凭阑。斜桥柳色夕阳间。
晴光浅照波澹，碧水迢递数重山。
晓风残月，离群归雁，古今待与人怜。
想平生看尽，江南秋景，最是清欢。

潇洒写意经年。丹青梦里，便有约苍峦。
澄川静、系帆高树，竹外篱边。
照婵娟。引袖起舞，松风落帽，濯足沧泉。
旷怀率性，抱朴如真，远弃车马尘喧。

且喜身犹健，相如未老，若许陶渊。

自在情兼外物，更庄生蝶梦也翩翩。
颇思梵刹青灯，寓心寂寞，观照参空禅。
但笑谈、风月诗如燕。不胜酒、樽醉红颜。
逸趣来、竟笔流篇。念此意、尽兴亦缠绵。
问长歌处，谁家素笛，入我窗轩。

七律　大梁山呈陈大律师

2019. 10. 14

宁海大梁山有羊祜殿，石崖镌刻吴晋江山。殿与寺合，是为福寿寺，有独臂神猴孤身于此，已修行数年。同窗陈君有西故里南溪，即在山脚下，巅间莲亭翼然，乃昔年陈大律师所建，念以桑梓，春晖见报。凭栏望海，意气廓如。只今有西京衡名闻海内，云欲于此地立书院，则更添一番联想也。恰同窗依民有诗，次韵一咏。

大梁巅上登高处，浩荡归来万卷书。
吴晋江山羊祜殿，莲亭桑梓月明珠。
凭阑往事犹谈笑，望海抚怀意廓如。
樽酒衡言情与理，沧波潮涌入西湖。

朝中措　秋色吟翁

2019. 10. 21

埋头整理书稿，却是精神劳顿。昨日黄昏驱车西溪，秋色渐深。早间友人寄韵《朝中错》，又午后看校友聚会视频，遂依欧阳公韵，记同学年少。

浮云万里看清空。天地入怀中。
记得当时谈笑，凤歌把酒临风。

陶然鬓发，红颜依旧，抚醉残钟。
逸韵青春年少，韶华但寄吟翁。

惜秋华　秋词写清怀

2019. 10. 25

秋日不逊春日，最是秋阳一抹，也或秋气清空。即便桂香已经飘散，江南依然草木绿染，野甸郊丘，茶青山绿，何况怡情此心，顾盼生姿。

绿野仙踪，碧云天、隐约丹青遐甸。
草木垄畴，茶深树高山远。
韶晖一抹堪怜，莫道桂残香已散。
幽婉。更秋阳、九月风平日暖。

意兴任舒卷。尽风华一望，巧笑还流盼。
鬓微乱、巾欲敛，黛眉星眼。
如烟往事缤纷，顾惜处、翩然轻倩。
歆羡。寓苍峦、归怀英绚。

七律　夜露晨吟

2019. 10. 29

夜露凝霜惜此身，浮生最是性情真。
歌随舞步低杨柳，酒未沾杯也醉人。
不辟凡心经俗世，犹将禅意净纤尘。
貂裘弊尽残书卷，可笑当年慕季秦。

附记

深秋之夜，西溪湿地宴归。归时车上露重凝霜，但有诗心未落笔。晨醒见诸校友群中议论诗词，有明尼苏达校友见示郁达夫与其外祖父书信，信中有“曾因醉酒鞭名马”之句，是为郁达夫代表作也。因思明日恰寺院相召，却议开山一千七百年之事。回顾此生过半，唯以性情中人自许。少年时曾慕苏秦，《战国策》中有谓其“说秦王书十上而说不行，黑貂之裘敝，黄金百斤尽，资用乏绝，去秦而归。羸縢履蹻，负书担橐，形容枯槁。”然终成就合纵大业，是以稼轩词中亦称道：“季子正年少，匹马黑貂裘。”年少之时总是有很多壮怀人生的展望，及其秋深之际，乃生禅意，出入僧俗之间，亦性情之真也。乃用郁达夫韵次之。

贺新郎　自寿词

2019. 11. 06

昨日再拜弥陀山，阿弥陀佛像重塑于2006年。又有元代庆忌塔，为大昭庆寺北界一并修复。是夜朋友欢聚，撞逢生日。席间畅谈淋漓，余亦翩然数樽。夜归念及日间佛陀，想尘世人生，但真意善行，空怀万物，不亦乐乎。

天意知何许。
又江南、秋风黄叶，白云高树。
还觅禅音莲花座，潭影甘霖瀑雨。
问此地、几多思绪。
世事如风人未老，但翩然、不觉身迟暮。
更一笑，寄轻羽。

闻言百世同船渡。
算天涯、因缘际逢，得从相聚。
樽酒长怀犹随性，环座英雄无数。
尽兴处、豪情似虎。
夜色凝霜归来路，偶回眸、却把心经悟。
观自在，任君舞。

七律　下元日即事

2019. 11. 12

天竺斜阳入宝坊，秋风有意拂衣裳。
清怀不许三千愿，简净惟留一炷香。
夜月闲情斟淡酒，佳人慷慨动微凉。
徘徊歌罢心归静，莫教浮生俗事忙。

附记

昨日农历十月十五是下元节，朋友相约聚于天竺东篱居。飞来峰中分南北，北边灵隐南为天竺，天竺三寺由北及南，历来是梵天胜境。黄昏时分，我从中天竺法净禅寺沿径西南而行，随想这一路上古来曾有多少名士高僧留下踪迹。天竺三寺若论历史，也是由北向南而演变。古代天竺寺主要指下天竺法镜寺，初为灵隐同宗慧理所建翻经院。中天竺法净寺，是隋初千岁宝掌和尚所筑，后经名动一时的贞观法师扩建，唐宋高僧诗人往来最多。而唯有上天竺法喜讲寺，虽山门大书晋代古刹，然此晋代并非司马氏之晋，乃五代十国时吴越王奉后晋为正朔之晋。时僧人道翊在此筑庵供奉观音，吴越王钱弘俶梦白衣人遂扩建此寺。上天竺古代最有名的高僧，是和苏轼交好的辩才大师。天竺一路树幽山静，从稽留峰到白云峰，枫叶红芦花白，清泉流石洗凡尘。进得寺院匆匆一圈，但闻观音诵咏不绝于耳，下来时却见定本老方丈默默的身影。

座间友人谈及日前在京，夜宿安缦酒店，有惊悚发生，乃持经念佛归于宁静，亦有言及现在越来越倾心于内在。餐罢唱歌，众皆欢畅，归来兴致难眠。然一梦醒来笙歌之声杳然无踪，唯上天竺观音之诵依旧缭绕。法喜寺历来以观音灵验著称，天竺三寺以它最晚，然却列位在法静寺前，为宋代教寺五山之首，莫非也与观音道场有关？欲以诗记下元日，恰读陆游《下元日五更诣天庆观宝林寺》，诗后两联："楼外晓星犹磊落，山头初日已苍凉。鸣驺应有高人笑，五斗驱君早夜忙。"吾亦曾入寺，也是五更醒来，因用其韵略记昨日之情怀。

千秋岁　秋色寂静

2019. 11. 14

黄昏时看天色不错，便驱车西溪湿地尽头，随意觅幽竟然别有天地。碧水黄叶，更间霜红，秋苇斜阳，蒹葭苍苍。秋尽江南草未凋，是我最喜欢的那种味道。穿过无名桥洞，有民间古白庙阒寂一隅，庙门高锁，旁有斜桥沧桑，跨过小桥竟不见路径，独有钓者垂竿桥上。归来因以为词。

苇风红叶。漫说芳华歇。
碧云淡抹宜相阅。
江南秋日尽，不与秋颜别。
水清湛，芦花照影如飞雪。

野甸人踪灭。乱草笼幽折。
车马断，喧声绝。
垂钓斜桥上，清静无须说。
古白庙，蛩鸣子夜空寒月。

凤凰台上忆吹箫　溪山栖怀

2019. 11. 18

秋深十年十里堤，昨夜苇风微冷，西溪偕行，念11月于我，颇如人生自然节点。数年前有《凤凰台上》写栖溪情怀，因以命意再用原韵。

回首溪山，十年秋色，晏然自在林栖。
剪苇叶、萧萧冷树，绿暗红稀。
迤逦长堤灯影，犹伴我、行路如依。
便辞笔、尽数许她，风月琼肌。

徘徊晚凉天气，霜露起、飘零落叶歆唏。
更曾见、浮云雪雨，竹节贞萋。
思量因缘有悟，还注定、人世沉迷。
铎铃寂、芦荻不语清怡。

玲珑玉　碧玉观音

2019. 11. 19

玉观音玲珑剔透，仿佛无言之《心经》，自然静观。蓝田日暖荆山意，弄玉吹箫入瑶台。寄怀君子，冰心在玉壶。《玲珑玉》乃宋末姚云文自度曲，今且初试此调。

涵月琼宫，寄金石、弄玉吹箫。
玲珑碧透，佩环风袖长宵。
缭绕蓝田日暖，楚山深藏处，温润清寥。
岧峣。归来时、随璞未雕。

质洁光华品性，寓怀如君意，和韵融昭。
雅尚冰轩，但吟歌、自在逍遥。
无言谁人刊琢，便成就、莲花妙座，一束丝绦。
慧观处，宿心澄、空照凤韶。

澡兰香　初冬闻雀喜

2019. 11. 25

两天前节令小雪，便有意一咏，惜未成篇。昨日晨醒，但闻窗外鸟鸣婉转，却不知鸟名，姑且自作喜鹊可也。因想春与秋其代序，岁月与我，淡淡如歌。念及去年曾言夜雪当炉，酌酒明月，舞动兰香，歌窈窕之章。恰圣迭戈金兄嘱我作《澡兰香》，此调乃南宋吴文英自度曲，其后清人有作悉依原韵，今亦从吴梦窗原韵。

重帘叠帐，小雪冬临，夜色扰撩醒觉。
飘然落叶，隐隐轩窗，宿鸟共谁相约。
算柔和、高树流云，思回绵香绿萼。
曾淡淡、君心便许，汀兰芳蒻。

但抚清商一曲，舞动轻歌，更销魂魄。
依稀记得，杜宇声声，醉里影斜帏幕。
尚叮咛、踏雪归来，明月邀相对酌。
念雀喜、为我传音，舒怀眉角。

倾杯乐　冬怀春水

2019. 11. 26

金友元兄布置《倾杯》词牌，此调是柳永最常写的，其中有“何人月下临风处，起一声羌笛。离愁万绪”，“为忆芳容别后，水遥山远，何处凭鳞翼”，“楚峡云归，高阳人散，寂寞狂踪迹”，都是我年轻时很喜欢的句子。但次韵的却是他另一首。

天阻重阴，水涵清影，云山尽染苍碧。
绿叠翠嶂，风静画阁，岸草凝寒色。
倚阑记得春归去，悄然冬消息。
凭窗对望，虽咫尺、如若天涯南北。

况歧路生惆怅，别时容易，光景常抛掷。
欲语又无言，茗香人淡，几多都沉积。
楚梦高唐，且休辜负，浮世匆匆客。
目苍极。穹尽处、何须间隔。

爪茉莉　运河夜雨

2019. 11. 27

日来多见说运河，午后办事毕已是傍晚，秋雨飘洒无处停车，匆匆雨中运河一行。《爪茉莉》调也是柳永所创，然柳永《乐章集》中未录，见于明人所编词籍《花草粹编》，我便也依着他的韵写一个。撑着伞儿走，暮雨经行遐思古今，年轻时水路从杭州到苏州，运河上彻夜船行。夜影一帆渔火，寒山钟声晓月残，那篷舱底不知藏了多少故事，惜我于运河文化叙事心有余而力不足。

暮雨潇潇，运河别样味。
经行处、旧时天地。
漂珠落叶，正却似、流光滴碎。
北关下、逝者如斯，况今古、多少泪。

秋风扰梦，夜沉沉、定难寐。
渔火暗、烛微芯细。
寒山水路，过阊门、钟迢递。
问橹声、世事尽藏船底。岸边树、灯影里。

燕春台　风中舞者

2019. 12. 06

意大利著名雕塑家、威尼斯美术学院院长朱塞佩·拉布鲁纳，有雕塑作品巡展，朋友入手其佳作，名之为《风中舞者》，冀我为述。思其渡海万里，裙裾因风飘然，如遇东归。从此朝夕仙姿相伴，宛然与君共徘徊。乃用宋人《燕春台》调，欲依张先原韵，然古人宽韵多所出入，微以调偕，遂成此曲。

落日苍茫，踏波万里，还当渡海人归。
燕雁风轻，佩环舞弄仙姿。
云烟不解芳思。但倾心、江岸霞飞。
钱塘秋绮，因缘随意，得遇君时。

飘然襟袖，舒展荷裙，鹤临玉立，裾漫吹霓。
楼观画阁，铜驼婉约香媒。
锦带平生，料今宵、灯影门扉。
醉蓬闺。从此相为伴，夜月晨晖。

绮罗香　岁暮游思

2019. 12. 12

近来无诗，但思去年此时寒琼飞雪，闻洞箫之声诗意翩然。不觉经年，又岁暮将残，夜月寒宵，流光如水不曾住。念游人天涯，乃依南宋史达祖《绮罗香》韵，聊写岁暮游思。

落叶惊风，萧条老树，岁晚年光迟暮。
月冷寒宵，不肯一些留住。
但回首、万里云飞，更堪忍、送君南浦。
念天涯、山海茫茫，怎知衣袂别时路。

烟波凝望极目，还道蓬山缥缈，也无舟渡。
不觉经年，犹忆那时眉妩。
琼雪静、阑外青峦，说与她、洞箫歌处。
夜渐深、思量千重，共谁谈笑语。

瑶华　酱酒琼宫

2019. 12. 14

臻弘基金设座，电梯直上二十楼，隐有亭间，再入空中花园，有楼台亭阁，瑶草蓝桥，宛然仙阙。席间得刃总悉心相赠，特衔名定制茅台镇产南宋宫酱。素不善酒，亦不辞一饮。念座中皆商界豪英，唯余一介书生，欣然相遇，亦吾性情所之也。填词《瑶华》以记，此调南宋后期创制，初见吴梦窗，杭州人周密亦染指，兹从周草窗韵。

臻弘隐叠。瑶草蓝桥，况然临仙阙。
楼台人影，犹若是、隔望窗莹如雪。
廊环幽径，但俯瞰、华灯明灭。
还有缘、人世相逢，识得座中豪杰。

萍踪最是无端，算意气书生，唐宋清节。
功名老去，将旧梦、都向浮云挥别。
可怜此兴，不善酒、尊前谁说。
且放怀、一饮琼宫，伴我酱香明月。

露华　寒山柏竹

2019. 12. 15

冬日半坡，虽无春华秋实夏木葳蕤，依然松干竹径别有风景。且用南宋词人所创《露华》调，词牌取自李白《清平调》“春风拂槛露华浓”句意。初见于周密，韵有平仄两体。向日曾填平声韵，今用仄声依王碧山韵。

冷清竹柏。看叶落门前，过了秋色。
傲骨直干，一任天风萧瑟。
便是霜雪来时，不减凛然标格。
柴门静，坡前水流，径入山陌。

徐行步履阶石。老树倚苍峦，依旧魂魄。
漫道乱花飘尽，不见痕迹。
却喜岭上寒云，缥缈欲成空寂。
无语处，疏枝暮晖澹壁。

双双燕　咏春燕

2019. 12. 16

近来多涉南宋后期词人所创调，前读史达祖《双双燕》，因想到燕子吉祥却曾未写过，虽是冬日，乃有意咏燕。是故用其调作咏燕一首。

柳绵絮影，问王谢堂前，几曾飞度。
轻歌婉转，婀娜画檐翩舞。
江畔桃花楚楚。但凝目、差池其羽。
怀归燕子来时，正是春风相遇。

何处。溪山碧树。更梵刹塘河，绿洄湘浦。
瑶台梅雪，过了夏云秋雨。
芳啄衔泥筑户。锦衾暖、呢喃朝暮。
薰染水岸香巢，尽入剪灯话语。

惜余欢　嘉信涤冬霾

2019. 12. 17

冬霾天色阴郁，思及元好问诗句云：郁郁羁怀不易开。微信谈说诗词，柏湘二兄约年前一聚。时有朋友职称嘉讯，言酒以庆，顿觉霾清氤氲。乃作《惜余欢》为贺，是为北宋黄庭坚所创调。

夜风竟晓，正冬日雾霾，阴郁寒瑟。
偏酒侣诗朋，向何处寻觅。
天外飞声，有嘉信至，道今日、杏榜凭谁摘。
问蓬莱阁，锦书雅章，楚山云迹。

回思泪零欲泣。但一笑翩然，虚室空寂。
温酒约芳樽，酱香竞瑶席。
兰台从此，青丝不惑，便潇洒、任运河南北。
看氤氲处，余欢尚存，兴怀堪惜。

石州慢　孤山寒雨

2019. 12. 26

昨日阴雨日暮，午后三时到得西泠桥，便见湘兄独立望远。两人孤山北偕行未久，柏兄伉俪至。孤山常来不厌，此番雨中又别是风味。经放鹤亭拾级而上，四照阁小坐茶饮，穿过西泠印社下山。我因事匆归，未及细细品味，却是有些遗憾。是夜湘兄嘱写词牌《石州慢》。

独立斜桥，寒水暮天，薄雨时节。
西泠金柳枯荷，山远迷蒙相接。
秋霜春树，记得放鹤亭边，几番曾觅孤山月。
疏影暗香中，看梅花飞雪。

高洁。镜湖厅外，玛瑙坡前，与谁诉说。
一片云亭，四照烟波明灭。
淡妆浓抹，梦里不倦千寻，风华无限人清绝。
但约再重来，更休言轻别。

龙山会　龙吟阁雅聚

2019. 12. 28

记得去年此时欢聚黄龙玉玲珑，今年又是黄龙龙吟阁。黄龙两聚，不觉一年已过。众皆欢声笑语，是酒香沉醉，更有佳音传来，且舞且歌。闻诵《心经》，宛然天音。虽不擅酒，偶然贪杯，归眠酣然，今以词记。

清气黄龙宇，画阁来时，又一年风雨。
算游踪脉缕。回眸处、过了烟波无数。
相顾最关情，但含笑、休言甘苦。
碧山在，千秋保俶，与君欢聚。

今宵沉醉芳馨，闻说佳音，更作翩翩舞。
座中人楚楚。看晏婉、垂耳菩提灵祜。
世事畅襟怀，听谁诵、心经开悟。
且归来、未消薄酒，便吟歌赋。

金盏子　元旦

2020. 01. 01

元旦晨光明媚，新年似有新风。回想过往近四十年，虽为不才却每每兼职管理陷于碌碌，未能全然寄心于文化之事。晚来每以烛之武“臣之壮也”言而自叹，却未能尽释其怀。自今天净云清意空明，但图风华清靡写禅心，云将鸿蒙蓬雀，用典庄子。是 2020 年开新元也。依南宋词家调作《金盏子》，以为今日之志。

朔日新元，岁末浮云净，暖阳清廓。
知昨夜风寒，吹来向、楼台画帘垂幕。
照影一盏何人，玉窗栖溪阁。
弦歌罢，删就雅什三百，楚怀冰魄。

英荦。但斟酌。沉醉处，谁解此中乐。
萧然无语鬓发，随心性、辞章写意洒落。
云将未得东游，愧鸿蒙蓬雀。
天玄澹、宿梦醒来空明，指拈花萼。

诗词二首　云林禅雨

2020.01.03

腊冬寒雨，午后三时入云林禅寺。近两个月未来灵隐，颇有心思浮躁之感，坐听大和尚谈禅，乃觉心境平和了很多。晚餐素斋，大和尚云佛祖诞生地印度菩提迦耶，国家有意灵隐接掌汉传佛寺，闻之甚喜。诗一首有记。

雾漫云林觅冷泉，峰连脊岭几重天。
梅花瘦润枝含蕊，铃铁垂珠叶似莲。
细雨清寒人影淡，僧门寂寞好聆禅。
浮光过眼知虚室，竹舍菩提迦耶前。

附记

是日余告方丈：今后不再兼职行政，可更多心思做佛教文化事。次日再去寺院，茶会罢讨论中国佛教讲经基地高研班课程，以及佛学院新专业申报，归来略有点疲倦。看方丈劳顿不休甚是感慨，吾知其意乃在丛林光大也。于今灵隐立寺一千七百年，欲行纪念，回溯慧理开山，其后唐宋承绍，多少名僧曾在此驻锡。永明延寿畅宗法，南宋时理宗皇帝九次临诏；明清之际曾凋零，经具德弘礼中兴，康熙皇帝六下江南更五入灵隐，于今近四百年矣。吾素不喜溢美之词，然观大和尚弘法之志，乃感叹：再数年，时人或谓，灵隐自具德之后，当为光泉。大和尚闻之，淡然一笑略无声色。于时寺中腊梅，雨中清香含蕴。归来再填词。

庆清朝慢

宝刹飞峰，丛林静肃，多少草木枯荣。
唐歌宋韵，几番天子威名。
千七百年往事，沧桑风雨塔和亭。
凭清净，向谁诉说，鸟语虫鸣。

慧理携猿去后，更法宗延寿，具德中兴。
烛香一点，炉烟缥缈钟声。
尽道古来寂寞，问何人夜色伶仃。
僧窗外，腊梅润蕴，水冷泉澄。

惜余春慢　藕香居

2020. 01. 07

潋滟湖光，藕香芳阁，天淡薄云清月。
楼台气暖，褰幔风和，怎道小寒时节。
窗影洒落流光，嘱酒扶杯，放怀休说。
记得当时路，归来何处，去年飞雪。

凭短歌、浅醉诗吟，舞低杨柳，便一曲梨花诀。
君王不弃，丽质天成，教看玉颜澄澈。
信是穹苍，晓来知我心思，恁般殷切。
海棠羞子野，东坡柳郎有别。

附记

杭州昨日小寒，竟然气温如春。是夜张二哥选了个诗情画意的地方，西湖边藕香居宴饮诸位。湖光山色天气暖和，禁不住十年茅台香醇，竟破我酒戒。座闻《梨花颂》，丽质天生，君王难弃。余言北宋词人，张子野最为风致，跨越柳永、苏轼两个时代，梨花海棠得意处柳苏皆有不及。时浅醉微醺，众人皆歌舞诗吟。恰有提及余一年前闻箫所作飞雪丽人归词，乃以随兴吟诵。适得分调《惜余春慢》，正小寒时节飞赴海南，两地皆如春风，正宜用此调。昔人以宋代李甲《过秦楼》为《惜余春慢》，实则有误。《惜余春慢》即《选冠子》别名，也被称作《苏武慢》等。此调经大晟乐府周邦彦校用当为正宗，故依此填词。

七律二首　海天飞鸿

2020. 01. 10

黎明凭栏望海，潮起潮落无日无夜，浪淘尽千古风流人物。造物主就这样诠释着永恒，人生不过雪泥飞鸿。感怀律诗一首，后二日（13 日）随感再为前韵。

一

俯瞰浮云净昊空，鲲鹏远翼越空蒙。
穹天鉴镜犹苍碧，海日晨曦似火红。
寂寞平沙千古浪，浩然浪涌万年风。
卧听夜月涛声近，晓望凭阑忆雪鸿。

二

世事遍观原是空，可怜入眼已迷蒙。
浮云飘过千山绿，落日残留一抹红。
蜗角虚名兼骤雨，蝇头小利去如风。
老来犹幸心思淡，写意清词寄远鸿。

望海潮　寂寞忆涛声

2020.01.16

博鳌归来尚欠一首词。凭海临风，最沉醉的莫过于看潮听海。独卧海边，夜月闻涛，晓色凭栏，涛声涌入，那种感觉并非寻常可得。自然天籁，寂寞飞鸿，仿佛宇宙精神感悟。词中写入渔翁，虽不合当时情景，然海上无渔翁，心中有渔翁。

斜阳沙暖，天光水色，渺茫海阔烟空。
波涌乱云，涛卷积雪，潮来气势如虹。
拍岸激长风。更浪疾一线，不见渔翁。
无限情怀，极目浩瀚远苍穹。

何人万里游踪。卧平沙夜月，寂寞从容。
间隔世尘，疏离俗韵，闲听奔啸喧汹。
我意入鸿蒙。念朝来夕往，际遇相逢。
回顾楼台欲晓，涨落识飞鸿。

早梅芳近　孤山初探梅

2020. 01. 18

不日将小别杭州，行前径往孤山，却要看看梅花如何。偶遇湘君伉俪，对望一笑，俱是梅约。梅英疏淡，匆匆道别。有曰何处无梅，然偏爱孤山疏影暗香，灵峰枝横花绕。至若庾岭老梅，折枝寄予陇头，其情趣便在于文化想象。故孤山旧约，则常来常新。

碧水寒，岸草冷。寥落人声静。
梅妻鹤子，几处香魂忆和靖。
湖光清似鉴，绿萼红颜影。
却怜花蕊浅，羞涩照妆镜。

晚风轻，犹意省。无语添幽境。
芳踪来觅，莫道孤山旧时景。
偶然成小别，顾盼期吟咏。
待归来，只为曾约定。

竹马子　调笑将远行

2020. 01. 21

凭天色云清，轩窗日暖，晓窥重幕。
甚寒令节气，氤氲变化，春来何处。
冷雪流落无踪，东君有误，错将时序。
俗世侵风华，更无言、高卧还休回顾。

便读羲皇事，长怀旷古，简装轻羽。
闻声疾异江楚，焉有巫山云雨。
且自酌酒残阳，一杯相嘱，谈笑归儿女。
飘然路远，但约天涯去。

附记

原说昨日大寒，却是天暖如春。上午锦衾高卧。清早敦基微信资料称，传说中霍比特人原来是有的，吾谓考古学对远古人类的发现只一鳞半爪，远远不及人自身的想象，想象很大程度上来源于生物基因的遗传沉淀。因思上古之人实在比现代人要快乐有趣很多。晚餐James 召集几位老同学聚于杭州大厦，这地方却是很久不来了，穿过商场颇觉冷清。席间有金陵言，明日浦东飞达拉斯转道南极，冰川之旅深为感叹。作家杭育畅想美国小镇酒吧，趣谓每日流连说不定遇到个小寡妇，于是众皆欢笑打趣，我以为此乃小说素材，或可成就不世之作。归来已晚，是夜无话，倒是省了填词。晨起想金兄尚嘱写《竹马儿》词牌，是为柳永所创调，又名《竹马子》。早年读词，偏是喜欢其中句子："对雌霓挂雨，雄风拂槛。"新愁易积，故人难聚。今且引其韵而言新事，也自为远行遣兴。

八声甘州　硅谷过年

2020. 01. 24

第一次飞到大洋彼岸过年，超市里买了菜自己烧。儿子平日里基本不开伙，现在这样也有一些烟火味。买瓶加州本地产的有机葡萄酒，三个人喝不到半瓶。因为时差，连续睡不好，特别疲倦。睡前想填首词，奈何太困倏然入眠，睡梦中好像词填好了，颇如庄生栩栩然。后半夜醒来再填完，庚子鼠愿还真是个跨年之作，不仅大洋跨越，而且时区跨越。

问烟波渺渺意何如，鹏翼越长空。
正江流九派，杳然黄鹤，思量无穷。
万里云洋飞过，回首乱山重。
庚子适新岁，客里相逢。

莫说浮生繁琐，落日沧海外，一羽轻鸿。
但归心天道，潇洒任西东。
看庄生、栩然蝶梦，向濠梁、平淡入怀中。
樽前酒、浅杯慢酌，谈笑随风。

踏莎行　魔虫肆虐思春归

2020. 01. 27

来时别过梅花，未曾料魔虫肆虐，几日间变化甚大。日前跑了几家大卖场购口罩，夜里寻思明日再购一些，归国后可送人，不料次日到超市再无踪影。时见杭州湘兄微寄梅花，云灵峰探梅已是闭园，孤山但开几树。冷雨凄风浙水西，和光日暖硅谷时。栖身万里家山外，祈望梅韵寄春思。乃和韵致意。

越水蒙尘，楚云带雨。
可怜绿萼犹含露。
探梅关锁闭灵峰，孤山鹤迹知何处。

天谴魔虫，湖生冷雾。
萦心远寄情如故。
栖身万里待春风，遥祈冷韵花无数。

金缕曲　歌钟南山

2020. 02. 01

坐在阳台上，硅谷圣克拉拉的阳光暖暖的。出来不过旬日，但觉国中变化全非昨日，毒虫肆虐，一时感慨万千。八十四岁老人钟南山院士，殊为可敬，因以次韵友人梅忆之词转歌钟南山。

但觉光阴久。
细寻思、不过旬日，扰亲惊友。
犹记孤山相挥别，花影身形清瘦。
但吩咐、归来问候。
总道天涯如咫尺，问毒虫、肆虐君知否。
天不语，也无酒。

沧桑乱象分妍丑。
病如山、环顾国中，与谁坚守。
庾岭还看南山树，老干虬枝依旧。
信竹节、松龄鹤寿。
国士从来多豪气，纵梅风、质韵无需秀。
遥举目，敬颔首。

暮云碧　东归逆向行

2020. 02. 04

宿冬无雪，空旷轻寒，愁烟郁积。
萧瑟冷树，苍茫风色。
隐约远水，迢递近山，缥缈如何圭尺。
扬子波沉蓄沙碛。但有小虫乱舞，弥漫江河两侧。
古国禁高城，神州叹息。无处引清笛。

堪惜。重门寂怀无计，凭谁问立春时日。
停杯吟唱，清歌纵酒，曾约年前踪迹。
思深似有泪泣。洒落江山几滴。
不与君遇，聊寄暮云玄影碧。

附记

昨日改乘美联航停飞前最后一个航班顺利飞回。有朋友说我逆向而行，也有劝我在美国多挨些时日看看情况再回。我却想遵天道顺自然，疫情横虐，家总还是要回去的。前两年文章里曾讲到，人类自新石器以来，就走上了一条反自然的道路，此后所遭遇的那些最大的灾难，大都是自然对人类的惩罚。人在物种竞争中运用聪明和技巧，破坏了自然物种的生存平衡，但是在大象无形的自然之道中，人却是一个失败者。旧金山空港候机时，看友人敦基在《南方周末》上发文，讲植物如何利用人，便随写一段话，也是延伸的这个意思。

从自然物种的角度看，植物和人都是毫无差异的生命存在。表面上人栽种和利用了植物，但在更宏观的视野里，植物的基因比人更加强大，它不仅战胜了人，而且还更加聪明地利用了人类。而自以为是的人类，实际上变成了呵护植物的奴隶，这反映的就是物种之间的生存博弈。最有代表性的就是两大主要植物：小麦和水稻。它们原本都是稀稀拉拉野生的，生存环境也不很好，还要受到其他动物的啃食。就比如水稻吧，原来只有一季，后来人却把它搞成了双季甚至三季，这样它不但面积扩张了，生长环境也变得更好了，而且基因也得到了更大的延伸。反观人类，原本随便就可以采摘些果子，或者弄点粟米野菜吃吃，打只鸟捞条鱼，蹦蹦跳跳这里不行就到那里；经此一变，人必须被限定在这片土地上，面朝黄土背朝天，为了小麦和水稻而耕地松土，原本舒展的腰也弯了，于是腰椎病了，身体也出问题了。人类以为自己吃了水稻，没想到水稻在偷笑：原本轮回还没有这么顺畅，多亏了你们人类这么“大公无私”，让俺们的基因世代优化，延绵不断。

夜色中飞机穿越太平洋上空。在漫长的地质纪年中，人类跨越这段距离大概经历了几万年，现在却只要十几个小时。舷窗外浩瀚的宇宙，在夜色里深邃无边，那是永恒的时间和空间，是人类知之甚少的自然，人类必须要顺遂自然。舆情严峻，心情也渐渐地沉重起来，在这段时间的日志中多有流露。按照节气今日立春，算是四季更替庚子之始，却是在家中自我隔离。凭窗送目，但见马路上几无车影，小区里不见人迹。想到年前欢聚，曾与朋友约今日一聚，然江汉疫生，九州禁足，聚会自然也无望。闲聊谈及人与自然天道，颇入玄意。乃思不如填词，《暮云碧》调甚生疏，问校友伊师弟知其又名《吊严陵》，宋人李甲尚作。欲依李词用韵，然其韵部宽乱，则稍以规范。

青玉案　元宵不见月

2020.02.08

庚子正月十五，日间整理旧日梅花诗词。夜来思及杭州上元之日，自古驰名。今则病毒肆虐，路断车稀，闭门塞户。钱塘三五夜，不见月色。微信问讯友人，唯汤团如故，聊以寄心。因作《青玉案》，用辛弃疾“蓦然回首，那人却在，灯火阑珊处”韵。

花灯冷落楼前树。更几滴、初春雨。
见说钱塘湖上路。
笙歌吹断，塞门闭户，可奈魔虫舞。

但怀逸兴连千缕。未许今宵向何去。
却问佳人谁与度？
莺声微语，汤团如故，巧笑思回处。

扫花游　西湖行

2020. 02. 18

连日禁足在家，昨日驱车武林门拿材料，归来有意绕西湖一行，白堤上竟无停车位，杨公堤上也一样。初春好天气，往年正当探游，如今却因疫情而踟蹰。陈同甫词云：“游人未赏，都付与、莺和燕。”倚窗看晴色，感慨填词。《扫地游》词牌初见于周邦彦，又名《扫花游》。今依美成原韵，不喜他下片第三韵之俎，改用树韵。

暖风丽日，正晓色晴光，天连吴楚。
柳垂细缕。看鹅黄新绿，六桥曼舞。
婀娜湖山，尽道春风化雨。
白堤去。念孤山片云，归向何处。

借问春几许。但记得年年，踏歌寻路。
含烟绕树。一杯斟淡酒，绚怀襟素。
袅袅无言，芳草欲谁诉苦。
倚窗伫。却如闻、梵音钟鼓。

七绝三首　孤山白堤

2020. 02. 19

节令雨水，清早驱车西湖边，游人甚是稀少。断桥折返孤山，放鹤亭下有绿萼数枝，洁质如雪。凑成三绝。

一

遥思疏影孤山月，庐外梅花乱如雪。
鹤子梅妻竟如何，暗香依旧人清绝。

二

洒落孤山一片云，闲寻小径意缤纷。
徘徊放鹤亭边树，但忆梅花也忆君。

三

晴光一路断桥边，锦带流波漾碧涟。
最是多情湖畔树，苏堤细柳惹轻烟。

四犯剪梅花　孤山如约

2020. 02. 20

年前约了孤山梅花，怪它疫情肆虐，迟至昨日方匆匆一晤，有校友谓我经常去孤山，吾但云："西湖之魂，乃在孤山。"若论杭州西湖文化，则莫过于孤山。是常与友人相约孤山，也或独来于此寻觅旧迹，尚以静坐沉思，况然与古人约会。南宋辛派词人刘后村有词云："老子平生无他过，为梅花、受取风流罪。"孤山之行，不唯梅花，更在风致情怀。

寄意孤山，是何人、此地与君相约。
但许清怀，旧时曾期诺。
红颜绿萼。最当忆、瘦枝篱角。
疏影风回，暗香雪净，粲然英荦。

堪怜处、东风有恨，叹荆江积郁，楚云惊掠。
渡远归来，露台空寥落。
芳华寂寞。再休教、梦魂空度。
遗韵亭前，坡连玛瑙，看她梅鹤。

黄莺儿　柳浪不闻莺

2020. 02. 21

布里斯班戴才女作《黄莺儿》词，是调初见于柳永词，余未曾尝试，欲再以和韵。杭州有昔日御景园柳浪闻莺，往年春日尚与友人闲坐品茗，看莺穿柳带，日上花梢。今且闭门敛足，想那《黄莺儿》，也是唐人呼女寻郎之诗，颇有感时花溅泪之伤。因以作黄莺春词。

可怜春色无人主。
御景清波，山色湖光，芳草闲园，杂花生树。
还共梦里依稀，柳浪闻莺处。
奈何些许荒芜，尽付忧怀，深闭门户。

纤羽。且自占枝头，莫问寻郎处。
茗香茶淡，浅笑轻歌，空余蝶飞蜂舞。
伤感泪溅花时，夜月和谁语。
料共燕子同来，还应知春去。

早梅芳近　灵峰晚梅

2020. 02. 25

终于今日去灵峰看了梅花。原本今年疫情颇为特别，且又一冬无雪，春暖梅花渐老，再不去恐怕就真的如李后主词写的“砌下落梅如雪乱”。且幸春梅虽飘落，依旧缱绻绚烂。游人稀少，便寻旧踪迹，有庾岭老友，瑶台香梦，花事寂寞，宛然等待玉人。归来随手作五言绝句云：“但恐春风晚，梅花渐已迟。灵峰幽独处，摇落几人知。”夜里却依绝句，再为长短句。《早梅芳近》初见周邦彦词，与柳永之《早梅芳慢》并非同一体。

觅灵峰，寻芳甸。但恐春风晚。
瑶台幽境，十里清香渐飘散。
但年年看汝，雪净红云浅。
是一枝绿萼，隐约恰初现。

朔寒惊，凛冽变。花信无端断。
重门紧闭，料峭来时已回暖。
玉人幽独处，零落成空幻。
莫言迟，聊寄情缱绻。

眼儿媚二首　春寒小和山

2020. 02. 29

日间细雨，清早驱车小和山。却见一溪流水，满目青山，母亲种的菜绿茵茵的，香椿树尚未发芽。

其一　春寒

晨雨随风裹轻寒。二月有余天。
宿冬已尽，便怀春意，绿水青山。

可怜萧瑟愁云暗，不肯展容颜。
应知三月，伤怀时节，絮老花闲。

其二　小和山

清涧流波绕西园，细雨惹轻烟。
旧怀寄意，老来归宿，梦里溪山。

十年经历心思淡，却笑鬓微斑。
与谁相语，怀冰抱玉，依旧苍颜。

柳初新二首　惊蛰入春

2020. 03. 05

惊蛰日河边看柳，春花渐已开放。疫情折腾，一个月前美国带回一百个口罩，今日却寄往美国一百个。夜觅柳永集中词牌填词，次日见气象部门的宣示，杭州正式入春，乃用前韵再作，不负吟风弄月之意。

其一　惊蛰

微风细柳梳河岸。嫩叶碧，垂丝浅。
更当临水，娉婷照影，婀娜舞姿娇软。
随问春风颜面。看新枝、凭谁裁剪。

尽道春来缱绻。最销魂、盈盈身段。
依依芳草，长亭短棹，数叠渭城歌遍。
但珍惜、莺声燕婉。且休待、晚春花倦。

其二　入春

年年柳色欣初见。枝袅袅，情无限。

几丝新绿，流云淡抹，巧向秀妍妆扮。
还共春光眷恋。况闲来、溪山相伴。

弄月吟风已惯。鉴湖边、闻声和婉。
寄怀烟雨，飘然拂水，不管旧欢新怨。
且趁她、从容消遣。莫迟教、絮飞花散。

探春慢　无意入梵山

2020. 03. 07

云栖蝶谷车转归来，未走紫之隧道，任意驱车竟从法云路入灵隐，也没有想到会上飞来峰。下来冷泉亭坐了片刻，按照白居易的说法，这是中国东南最佳胜境，遥想当年他便是在此与韬光禅师相会吧。夜来填词，借《探春慢》调记今日之事。

绿野屏山，参差竹树，归来依旧清影。
蝶谷栖云，春风寻路，还教遣怀逸兴。
漂泊俗尘久，最堪忆、疏林闲景。
便将随意驱车，任从芳草幽径。

犹念此情所在，原本寄空澄，自在宁静。
怪石枯藤，飞来何处，灵隐梵音佳境。
居士尚临水，看对座、韬光吟咏。
我亦思君，恍如亭下泉冷。

汉宫春　赠姑苏

2020.03.08

辛弃疾作于绍兴任上的几首《汉宫春》词，在我年轻时最为熟悉的作品之列。无论是他写“春已归来……却笑东风从此，便熏梅染柳，更没些闲”，还是说“谁向若耶溪上，倩美人西去，麋鹿姑苏”，或者是讲“亭上秋风……谁念我，新凉灯火，一编太史公书”，很多典故，我都是从这几首词中掌握的。恰有姑苏卫家师妹任教于苏州大学，乃以《汉宫春》赠之。

岭上云飞，问湖山一别，几许春风。
依稀当年梦里，流落萍踪。
婷婷照水，便无言、轻醉芙蓉。
闻说道、若耶溪上，浣纱还入吴宫。

烟雨扁舟往事，偶然成际遇，巧笑朦胧。
归来玉怀冰雪，蕙质如聪。
吴侬软语，凭娇羞、西子颜容。
思量处、姑苏塔影，横塘晓月惊鸿。

月上海棠　梅老海棠开

2020. 03. 15

梅花都已老去，寻又见溪边桃花，湿地一片空阔，春风相思的季节竟如此的冷落。思及欧阳文忠公诗：“西湖春色归，春水绿于染……参军春思乱如云，白发题诗愁送春。遥知湖上一樽酒，能忆天涯万里人。”感叹人生能有几个春天，风花雪月就这样无奈飘零。偶见楼前海棠开，且幸春尚在。

溪山照影桃花月。问江南、春风共谁说。
瘦枝老梅，渐飘尽、也无人折。
还留取，几许青丝赠别。

莺莺憔悴张生歇。莫道她、相思旧时节。
偶然回眸，看轻妍、海棠新叶。
嘱咐处，但教冰心朗澈。

促拍花满路　河边海棠

2020. 03. 17

吾家楼下有海棠，海棠上面是一树很大的樱花，繁硕无比。每到樱花烂漫时节，则海棠渐渐凋谢，常有一树樱花压海棠之感。海棠开时，无声无息似乎不争春光，然却艳而不俗，自有一种高贵。薄暮时分，徘徊近处滨河公园，河岸海棠花开，滟滟清波山色远，沿河且看海棠春，但阅几许也风流。

日暮云山晚，但共晚云归。
苍茫斜照染熹微。
碧波潋滟，河岸柳丝垂。
红颜依芳甸，绿叶相映秀妍，摇曳凄迷。

不关梅韵风雅，何必羡桃姿。
晴来无语雨凄凄。
艳而不俗，最是海棠枝。
风月相思处，但得些许，共她春意徘徊。

八六子　和山春雨归

2020. 03. 21

昨日春分之夜梦见已故老父，好像是一起包饺子。上午天晴，却见楼下樱花已开，海棠依旧粲然，便思今日当提前扫墓。驱车十里横山路上，随口念叨“春山不见人”，总觉得哪里不对劲，原来王维诗首句是“空山不见人”。小和山园中爬山，拾级而上，行未远但见阴云密布，宛如夜色降临，继而风掣雷鸣，大雨滂沱倾注。夜作《八六子》。

宿窗晴。海棠无语，回飏片片飞樱。
但觉别来春已半，遣怀思意犹深，寄心物情。

飘然花絮轻灵。昨夜醒回残梦，今朝渐近清明。
待相望春山，草薰风暖，石阶云绕，栅门烟笼。
怎知涧下清流不断，门前芳草枯荣。
待归程。惊风乱吹雨声。

塞垣春　病毒欺春

2020. 03. 25

楼下那一树樱花，年年春天，云蒸霞蔚，灿如霜雪。今年依旧风华绚烂，但大自然的春天来临时，正是疫情弥漫整个世界之际，病毒的迅速扩张令整个人类惊愕。欧洲的疫情已然十分严重，纽约也基本陷落。硅谷所在的圣克拉拉，如今成了加州仅次于洛杉矶的重灾区，视频中看硅谷中心库比蒂诺空荡荡的路面，引发感叹：人类最自豪的高科技，面对自然的惩戒也显得无可奈何。我欲向天问，天道自无违。春风吹又度，花落花还回。

绚烂云霞蔚。看一树、樱如雪。
楼台送目，近怀观远，常自怡悦。
叹年来病毒何曾歇。纵有意、花难折。
遍东西、兼南北，世间同此凉热。

无语但凭窗，岑洋隔、思量情切。
万里念春风，不知那时别。
向苍茫、欲寄天问，遥知我、夜来灯明灭。
落絮几曾度，可怜难诉说。

虞美人　樱花落如雨

2020. 03. 29

与友人交流，希望我继续写疫情随思录，但手机上写挺吃力的，写了一半时便想，还是先把刚填的一首词圈出，然后再慢慢写疫情随思录。连日有雨，楼下一树樱花，在雨中渐渐地飘零。昨日友人闲聊时，说起花开花落，原是自然现象，也无所谓伤感。至于个人则是顺化自然，须保持内心的欢愉，心怀风华永不落。

樱花不禁三春雨，坠落楼前树。
残红泪湿任飘零。明日知她何处觅芳踪。

晓来弱质随风去。流落还无语。
送君犹待再归来。但许此情常在共徘徊。

粉蝶儿　家有小园

2020. 04. 01

每年清明前小园里便可摘头茬儿香椿，自家种的香椿比菜场的好吃。石径边自然生出许多马兰头，往年没有摘过，今日却是摘些回来炒香干。虽说院子里的地土质不好，但母亲随便洒的菜籽却长得郁郁葱葱。石台边上的那树海棠已谢，伸到墙外的无花果也不知什么时候结果，傍水依山最得意的就是春天的香椿。辛弃疾《粉蝶儿》词云："昨日春如，十三女儿学绣。一枝枝、不教花瘦。"依其原韵仿作一首。

尽道闲园小庭自然如绣。
看台阶海棠花瘦。
有香椿浑不管雨僝风僽。
马兰头铺地绿衣轻皱。

莫须问春来春去几多久。
但留心叶前枝后。
意薰薰芳树野蔬如绿酎。
便是她齿香惹唇时候。

宝鼎现　庚子清明

2020.04.04

柳垂波静，日暖风倦，闲云清渚。
山色远、天光平野，还道斜阳春欲暮。
却回顾、念杨花未老，犹惜西城乱絮。
正此际、清明时节，依旧深居门户。

骤起长笛鸣哀苦。越关河、响彻吴楚。
闻说道、相逢甲岁，时运流年庚子鼠。
更望眼、看平畴野陌，缥缈浮烟几处。
这次第、伤怀落寞，唯有悲歌愁绪。

都说世事无端，何况是、悲声环宇。
问青天、留取人间，孤魂几许。
怨天道、叹何曾悟。宿命如迷雾。
若逝水、不舍昼夜，放任春来秋去。

摸鱼儿　春风暗换

2020. 04. 10

暮春时节，尝闻友人曾言及，这个春天都没有来得及看，就已经是绿肥红瘦。学校午餐时间，看几个春天般的年轻人坐在草坪上吃饭，我问是不是学生，对方笑答学生都还没有回来呢。闲步间想到两句：兰苑春老花已谢，唯见清波拂杨柳。下午归来，想到辛弃疾《摸鱼儿》词，乃写惜春之意。词中典及庾信、司马相如和卓文君。

自春来、芳华流落，空疏兰苑门户。
楼窗不觉春风老，梅叶暗将春度。
留恋处。黯叹息、更消得几番风雨。
飘然柳絮。念花已凋残，绿肥红瘦，春色欲迟暮。

曾相约，莫教春光辜负。那堪庾信春赋。
怜她拂水春波渌，心事万千言语。
还寄许。莺和燕、红颜一笑犹歌舞。
且休再误。看司马长卿，文君沽酒，闲话与谁诉。

玉女摇仙佩　西溪洪园

2020. 04. 13

午后入西溪洪园，但寻清幽处，随行口占云：野径渐随绿影深，竹风也拟做清吟。登高便欲长歌处，不觉闲云溢满襟。一首绝句意犹未尽，归来依柳永《玉女摇仙佩·佳人》词原韵作。

溪桥野径，渐入深幽，绿树参差连缀。
竹影清风，斜阳芳草，隐约天光明丽。
拟向瑶池比。看波纹浅皱，琼华柔易。
更摇曳、汀兰岸芷，香逸菖蒲秀洁无已。
登高更驰望，璧静峦烟，浮云婉媚。

乘兴短歌觅句，放旷襟怀，便教人如何弃。
念得此生，林泉山水，最是西溪娇美。
浊世谁堪倚。算风月、度我今生才艺。
但寄予、闻声鹊喜，鹭飞莺语，鹤知人意。
鸥盟誓。归来去夕阳霞被。

七律二首　无酒画有伴

2020. 04. 17

原本有朋友约李白图书馆餐厅，也是疫情之后第一次聚餐。适日间小有感冒，便放弃了聚会。白天睡多夜难眠，恰是家有画成，寻思那饭店名，乃谓之如李白饮酒，遂以为诗。早晨醒来但觉轻松，随用前韵再作一首。

一

寂寞空山谁为伴，清风明月照流泉。
崖松半卧云间影，石壁斜穿水上烟。
太白长歌将进酒，子猷夜雪剡溪船。
春归何处无须问，兴尽归舟任意眠。

二

中宵且喜身康健，闲话轻舟入梦眠。
夜月无心笼翠竹，晨风有意拂流泉。
不沾滴酒心犹醉，但共杯茶看茗烟。
闻说《汉书》能为伴，还如雅兴寄词篇。

绛都春　谷雨词

2020. 04. 20

昨日谷雨天，雨后忙完随步溪行，看一溪碧水草色如洗。尝谓不见柳絮，乃是终日宅居不出，宅区无柳，故不见柳絮飘飞也。归来却是本科生、研究生论文诸事忙碌，夜来看有八卦卿本佳人，间或某宝花事。不觉中宵，却是误了诗词。早晨布谷鸟唤醒，几缕阳光穿帘而入，遂以为词。

随行谷雨。看一洗碧清，溪边芳树。
拂面风来，知是杨柳惹飞絮。
翩然不觉春归去。纵有意、春难留住。
短舟水泊，斜桥小径，此时心绪。

闲步。青青草色，岸边路、共我丈量春暮。
卿本佳人，宿夜栖迟闻笑语。
可怜诗意无寻处。但幽梦、烟云野渚。
布谷唱醒归来，暖阳数缕。

满江红　春老人幽静

2020.04.24

昨日脑际偶然飘过两句古人词："芳草不迷行客路，垂杨只碍离人目。"当时并未在意，今日却又冒出来："满眼不堪三月暮，举头已觉千山绿。"此稼轩《满江红》词，是相约春风迟暮时。兹依稼轩韵，也作春暮暖阳以舒心怀。

四月清风，茶山外、远山近竹。
凭寂静、闲村孤落，正当幽独。
花谢柳绵春已暮，莺飞草长山还绿。
但相对、依旧一编书，重新读。

风解意，吹襟幅。人婉约，情适足。
斜阳穿疏叶，照影珠玉。
一点樱桃红秀色，两汪浅靥弯眉目。
天不老、茗淡兴犹浓，吟词曲。

七律　官塘百日隔

2020. 04. 27

距上次官塘行走三个多月了，疫情百余日足迹未至余杭塘河边。昔日常与诸友在此散步，昨夜独行河边罕有行人，斜桥灯影朦胧，岸边石壁之上野草随风飘忽。念及陶渊明有《停云》诗自注：“停云，思亲友也。”乃若有所思。今见蜀中泳兄并湘君诗，遂依其原韵有作。

寒春百日寓离群，寂寞官塘夜影深。
隔岸残灯空照水，横桥小径失停云。
石阶隐约怀痕迹，壁叶飘如念绿荫。
橹暗波声归舸远，韶华愈晚愈思人。

瑶阶草　立夏之日

2020. 05. 05

日前友人闲聊，谓我近来诗词减少。回曰疫情之际随思纷乱，扰了诗词心境。想世事从来都一笑，且共闲书看窈窕。恰今日立夏，春风阑珊已吹尽，绿肥红瘦李易安。适见有《瑶阶草》词，晨兴遂用此调。

春风已吹尽，雨过溪山老。
天淡云轻，立夏花渐少。
问谁记得，绿肥红瘦，那时清照。
醒来几声谷鸟。

莫烦恼。茗香闲坐，但思素手瑶阶草。
看尽浮华，想来世事开口笑。
一编读罢，最怜窈窕。
豁然洞晓。余怀隐约飘缈。

忆旧游　往事如清泓

2020. 05. 10

昨夜闲读，看罗兄卫东之佛罗伦萨文章，古城斜晖脉脉，有吉他留声。寻又见史兄晋川去当年下乡之临安高虹，山村古朴有如清风。因思佛罗伦萨乃文艺复兴策源地，今年原打算觅踪一行，疫情突来只好作罢。且幸乡村清景，野炊鸡黍，无尘世车马喧嚣，倒也偶然可往。时空转换，世事人生，今日早醒窗外杜鹃闻声，忆及昨夜乃以为词。

问何人唤起，脉脉斜晖，旧梦回萦。
道佛罗伦萨，念经年逸韵，千古名城。
余音袅袅如诉，拈指吉他声。
叹缥缈河风，浮云往事，几度枯荣。

深情。具鸡黍，看村影高虹，别样清泠。
石阶寻山路，绕炊烟荒树，犬吠鸡鸣。
世事随风飘散，心境隐澄泓。
笑我恁多情，宿窗外杜鹃早莺。

风入松　夜宿松阳

2020.05.16

山风今夜浴新凉。酌酒松阳。
醉拍柴几三清上，看何人、笑语闻香。
随饮一杯弘放，翩然词赋成行。

归来游子话沧桑。泪湿回肠。
升腾篝火还明灭，便天涯、海角难忘。
且把世尘洗净，梦怀永忆溪堂。

附记

春节后自美归来便禁足，疫情以来第一次出杭州，赴丽水下属松阳县。说来有缘，大约十八年前的2002年前后，当时的松阳副县长来杭州找到我和王刃兄，说松阳青山绿水茶叶很好，有中国文化名茶松阳银猴，县里很想推广。我当时随谈一番，并顺口说了句广告语“一千八百年的文化名茶”，不想这个宣传口号竟然一直用到现在。昨日傍晚到松阳，席间听李县长介绍松阳情况。此地山深水清，盛产茶叶，自然环境优美，堪称江南秘境。深夜偕商会潘会长穿行松阳老街，老街保持原貌，依然有人居营生，保持完整的规模。在古董店里喝茶，店主拿出他的镇店之宝，是明代天启年间龙泉青瓷，按照历史应为世界第四。今晨醒来，看窗外云山雾绕，别有风味。松阳第二日晚餐饮酒，谈笑风生，是夜篝火围欢，诗酒歌舞，此情此景颇难忘怀。即席随吟一阙，调寄《风入松》，依晏几道原韵。此行始于信雅达郭华强董事长建议，郭董自号三清上人，松阳又是王总故乡，因以入词。

诗词二首　箬寮原始林

2020. 05. 17

夜宿箬寮山中，晨微雨成诗，意犹未尽再填词。

空山葱翠深幽寂，夜静箬寮宿北陲。
天籁归心无说处，涧声自语与谁知。
可怜猜忌窗前水，犹恐流泉梦醒时。
晓雾凭阑观细雨，偶然觉悟更相期。

满庭芳

窗外空山，楼前清涧，回眸葱翠重重。
箬寮踪迹，幽境偶相逢。
绿意翩然入梦，不曾辨、南北西东。
宿深处、浮沉往事，一叶渺飞鸿。

晓来闻细雨，千回曲径，万树云松。
踏石阶、岚生竹影清风。
但说乱云飞渡，多少事、犹自从容。
偕君处、微醺浅酒，还忆杜鹃红。

高山流水　云山自许

2020. 05. 28

杭州的午潮山以西龙坞到转塘迤逦连绵的丛山，过去叫十里横山，白龙潭便在山中。明清之际，山间多有名士逸居。学院有产学基地在慈母桥，三年前我曾在此张罗中国公关学会年会，尝吟诗秦淮八艳之首柳如是的十里横山故事。初夏置身万亩茶山间，清风徐来，翩然如稼轩，“我见青山多妩媚，料青山见我、应如是”。乃用吴文英自度曲为词。

四围绿染画屏中。叠重峦、山色菁葱。
茶径远幽清，随心万里苍穹。烟云淡、缥缈晴空。
凝眸处、犹是横山十里，旧坞游龙。
偶怀如有意，到此觅闲踪。

丰融。柴门寓香茗，襟袖里、桂树清风。
深叶杜鹃啼，婉转一羽惊鸿。更遐思、迤逦无穷。
碧潭水，曾是溪流照影，瘦竹飞松。
约云山事，兴无尽、愈情浓。

雨中花　夜雨入梅

2020.05.30

昨日杭州入梅，果然一夜梅雨未歇。清早窗外雨湿紫藤绿树，隔叶鸟声啁啾，葛径中有小松鼠跃过。乃取《雨中花》小令，惟喜欧阳修、毛滂词，结句皆有“留得相思处”，亦以此为结。

五月云烟无绪。不知闲情几许。
便是黄梅归梦里，一夜江南雨。

倚枕索怀还觅句。葛径湿、绿窗樱树。
念宿鸟、若啁啾有意，留得相思处。

青玉案　咏栀子

2020. 06. 05

昨日上完课，感觉有些疲惫。蓦然一阵清芬，清雅之气令人心旷神怡，原来是办公楼下的栀子花香，平时少有关注。此花琼色如玉，不着春艳，不着虚名，却是在梅雨季节，默默开放，无风自含香。古人所咏颇多，最喜唐刘禹锡之谓："蜀国花已尽，越桃今已开……佳人如拟咏，何必待寒梅。"

如何商略黄梅雨。便落寞、江南路。
一岁春风花一度。
春风过后，绿深门户，唯有花飞去。

蓦然香韵知何处。栀子含羞也无语。
莫羡梅兰常寄许。
越桃琼色，倚香丛树，还应留君步。

一丛花　暮色栀子

2020. 06. 07

傍晚独行官塘，道遇栀子丛生。此花素雅，虽姿色平淡，然不倚春天，不因风而自香，也是别有品性。寻又见梵刹，过去未曾留意。亭中稍歇，倚栏独坐，念及栀子若有所思，择调《一丛花》，此调始见东坡，亦依其韵。

从依歧路自清妍。恬素淡如纨。
含香不借东风起，但浑似、遗落仙媛。
夜月拂水，茕灯照影，浮韵悄无言。

盈怀栀子竟谁怜。咫尺独凭栏。
未知心事如何诉，便楚楚、难解缠绵。
还将几分，沾襟归去，伴我梦中眠。

雨中花慢　云深不知处

2020. 06. 11

日前尝言及阮籍之事，颇为神往。乃西向云山，率性独驾，不由路径，车迹所穷，辄兴尽而归。前者阮籍之所为，后者王子猷雪夜访戴之事。白云深处，青山合围，有老屋农家，欣然与语，尘烟远迈，安然自乐，略有返璞田园之意也。归路大雨，值西溪湿地，遂驻车看雨，此中情趣言不尽意，略以词记。

率性随驾，不由路径，白云几朵烟村。
看幽深曲径，远隔风尘。
欲说山重水复，蓦然老宅榻门。
便柔荑香秀，抱朴怀素，恬淡纯真。

翩然乘兴，际遇无迹，邂逅莫问何人。
但执手、溪边归路，骤雨销魂。
世事还如有约，浮生自有缘因。
滂沱绿树，洒漂碧水，适意陶欣。

庆清朝慢　何处觅清魂

2020. 06. 13

境阁临江，风华独享，迤逦闲约三清。
云飞六月，杨柳拂水芙蓉。
一朵清香愉悦，遍兰台尽是琼英。
琳琅处、染渲恣肆，唤醒常青。

但将几多寄寓，绚烂归沉静，道化冲凝。
缤纷洒落，茶淡酒洌心宁。
便说世间通透，四勾高妙在魂灵。
谭艺罢，夜色如水，难赋深情。

附记

昨日信雅达三清上艺术中心观常青画展，由艺术品谈到无用之用。是夜酒入三巡，郭董以四勾之说及灵魂之境引来诸君妙谈。吾谓人情世故说到底也无非是两种形态：一种是形而下，一种是形而上。形而下者，以用为体，基本上还停留在初级阶段，所以基本上还是形而下之勾；渐次上升，则进入神魂，就成了形而上之勾。

所谓物我相一，我们可以说是“魂化”。

主人因邀展开一谈，我随兴以《水浒传》《西厢记》《牡丹亭》《梁山伯与祝英台》中人物故事演绎，也不失为一种趣话。西门庆和潘金莲两人起先便是典型的脚手之勾，西门大官人佯装筷子掉在桌下，借机捏捏金莲的小脚。只是西门庆现在被脸谱化，道德评价上多少有了些反派的模样。而《西厢记》里长亭送别，崔莺莺对张生则是更进一步两情相悦，所以莺莺小姐埋怨张生赶考轻别，是“全不想腿儿相挨，脸儿相偎，手儿相携”。到了《牡丹亭》中杜丽娘与柳梦梅那段情分，便是心心相印、生死相依，“问世间情为何物，直教人生死相许”。真正命魂相一的就是《梁山伯与祝英台》，双双化蝶，超越现世，超越世俗人生的羁绊。化蝶是中国文化的一种极高境界，庄子梦蝶，栩栩然蝴蝶也，不知周之梦为蝶，蝶之梦为周。这便是物化，是魂与自然的归一。

世事回眸，道通为一，全然通透也。夜归经闻涛路沿江而行，思及浪花淘尽千古，青山依旧。随咏苏东坡句：“惟江上之清风，与山间之明月，耳得之而为声，目遇之而成色，取之无禁，用之不竭，是造物者无尽藏也，而吾与子之所共适。”今取清字略记。

蓦山溪　江风灯影

2020. 06. 15

溪山江湖，诗酒雅谈。尝谓友人云：旧时歌词传唱，大抵歌舞酒宴与勾栏瓦肆之间。写诗词的是文人，传唱诗词的是伶工，只如唐人“旗亭画壁”故事那般美丽。说到底中国文人理想的摹本，大概还是《诗经》中出其东门的那种，是杜甫《佳人》中的“天寒翠袖薄，日暮倚修竹”，在辛稼轩词中则是“众里寻他千百度，蓦然回首，那人却在，灯火阑珊处”。因以谭筵铺陈成词。

雅朋高座，洒落随吟句。
玉筵笑谈时，怎向是、芳眸一顾。
天然楚楚，沉静自风华，便邂逅，婉清扬，
流盼还无语。

东门其出，夜色如何许。
缟衣系綦巾，任从她、怀山归路。
溪流如诉，襟袖淡兰香，声寂寂，手纤纤，
灯火阑珊处。

诗词二首　山水且为乐

2020. 06. 19

觅踪郭外，夏雨欣至，又湖上风柔如抚，率为诗词。

郭外云飞湖上雨，闲郫几缕暮烟迟。
青山有意连清寂，碧水无心近逸姿。
波漾吟眸涵草色，风回柔指起凝思。
归来野径如何许，细语惟将夏苇知。

玉山枕

野径深处。岭含碧、风如缕。
绿踪远涉，闲郫郭外，芳草炊烟，袅袅天暮。
四围山色若栖迟，更阒寂、旧庐荒树。
还粲然、容与回眸，看飘来，淡云涵飞雨。

碧湖波漾吟清溆。共山水、凝思绪。
淅疏缱绻，风柔素指，洒落情怀，物我相顾。
逸尘纤远净沧桑，寄真意、得从期许。
想归时、夏苇无言，似曾闻，细微知天语。

如梦令　梅雨亦销魂

2020. 06. 20

碧水凭阑东顾，縠皱波纹清溆。
昨夜梦魂行，梦里不知何处。
梅雨，梅雨，难写此时心绪。

附记

江南梅雨，风华清靡，总有些淡然情思。早年读贺铸词，印象最深的便是“试问闲愁都几许，一川烟草，满城风絮，梅子黄时雨”，这种闲愁，便是人心灵深处的真情往顾。《世说新语》写魏晋风度，讲到竹林七贤之一的王戎时，言及“圣人忘情，最下不及情，情之所钟，正在我辈”。晨蒙郭董问我，如何用一两句话概括魏晋风度的特征，我回答说：“探寻生命追求与自然精神的谐和。”所以范仲淹讲：“览物之情，得无异乎?”我则如是说：“感物之情，要之在于人与自然的共鸣。”晨雨中梦醒，推窗东望，碧水波如皱，乃以宽韵口占绝句：碧水清波縠皱纹，纷纷梅雨亦销魂。夜阑梦觉知何处，隐隐青山忆远村。吟罢意犹未尽，再剪裁为小词。

虞美人　听雨漫忆

2020. 06. 22

楼台淅沥飘窗上。孤坐空书帐。
闲将一卷乐其中。不问东西南北晚来风。

日之夕矣牛羊下。烛武知时也。
寂怀无语笑多情。梅雨数声杜宇已天明。

附记

雨淅淅沥沥地下了一整夜。平明时分偶尔回想，虽则率性爽朗，然寂寞自守也是几十年养成的习性。由听雨想到蒋捷的《虞美人》，几个片段勾画出人生的轨迹。闻南怀瑾上人有名言：“三千年读史，无非功名利禄；九万里悟道，终归诗酒田园。”去年还孜孜于学院学科之事，而今一卷书一杯茶，兴来溪山随驾，归时诗词寄意，如此这般不亦乐乎？乃依蒋捷原韵，也作听雨之词。日之夕矣句，取自《诗经》；烛之武乃春秋时郑国人，初不得其用，秦晋攻郑，郑国国君请其出使秦君，乃辞曰：“臣之壮也，犹不如人；今老矣，无能为也已。”后智退秦师，保护了郑国，其事迹见《左传》。

梦芙蓉　曲院再访荷友

2020.06.23

清风闻绿绮。问何时记得，夜来梦里。
淡然无语，摇曳小桥外。
目凝神已醉。扶疏芦叶霞被。
一抹清晖，素颜犹眷恋，柔质暂扶起。

寄寓湖边柳底。濒水栖魂，草木萦环佩。
净妍孤影，原不倚妆洗。
笑娇红软翠。何曾解此中意。
但约琼仙。便年年看汝，思月色行水。

附记

杭州曲院风荷红绡翠盖不远处，无名小桥之侧再寻我荷友。素色芙蓉，间杂于草丛之中，很少有人注意。几年前偶然看到它，便默然有约年年必来看它，今年来时花尚未开。此荷野生，少有维护，比不得那许多风光明艳之荷，很是受人光顾。此番却留意到，今年的荷友，只有一枝尖角初露，对面那丛扶疏的荷花，已经被湖上工人清理，徜徉感叹。路经园中蚕学馆旧址纪念碑，碑文乃十年前我所撰写。岁月经流，想到晏殊的词，“满目山河空念远，落花风雨更伤春，不如怜取眼前人”。归来填词，取吴文英自度曲《梦芙蓉》，悉依其原韵。梦窗词原写赵昌芙蓉图，却是如楚楚风韵，有“梦断琼仙”之句，甚是令人神往。

七律　蝉声清心

2020. 06. 27

午后读书，有早蝉声传来。谈笑间闻说道，南方蝉鸣不如北方遒劲有节奏。思及少年时北方生活，感觉蝉声似乎真响亮些。骆宾王谓“南冠客思深”，莫非南蝉更多些深沉之思？恰是一颗困扰数日的智齿连根脱落，晚间步唐人贾岛之韵欣然作七律《早蝉》诗。

高树清吟声断续，沉风飘雨意如秋。
栖枝独处何曾老，饮露长鸣怎肯休。
闻道南音声似怨，还凭北里入云头。
欣逢智齿随根净，夏木浓疏也释尤。

夏云峰　云栖袾宏

2020. 07. 05

夜宿云栖，今日午后随步云栖竹径。适逢小暑将至，江南梅雨未歇，云栖修篁万竿，清净空寂。三株千年枫香古树沧桑如依，清涧流溪恰似禅心观照。此地原有净土宗八祖云栖袾宏道场，世称莲池大师，明代四大高僧之首，堪为佛教五百年之一人。大师早年闻谯楼鼓声而悟道，随后行游至此，恰有五色祥云飘来，遂于此地结庐传法。尝乞食伏虎，也曾祈雨甘霖，至今梵村边仍有感应桥车站名。可叹后来大师道场为疗养院所占，于今破败。我曾语光泉法师，当与官方协商恢复莲池大师道场，是亦杭州之幸也。

竹径深。适小暑、江南烟雨低沉。
闻说是栖云处，老树清浔。
浅潭溪影，涧水碧、潋滟弥襟。
踏石级、幽怀古意，风动禅音。

莲池何处传心。便当时、觅得空净寒林。
谯鼓慧灯有悟，寂照无禁。
修篁嘉寓，凭日暮、伏虎归临。
祈雨处、斜桥旧迹，感应闲吟。

诗词二首　空怀何所思

2020.07.10

昨日偶与友人感叹某公自身经营之高超，但谓难以望其项背。时欲效辛稼轩及苏东坡集句之词，然才力有所不逮，遂潦草律诗一首。夜梦醒来思怀空如，略以剪裁再用前韵填词。

行藏用舍老无忧，进退存亡更不愁。
雨洒清荷相惜别，蝉鸣古寺待幽游。
溪桥草色云和月，竹径风凉夏与秋。
雅韵清谈犹率性，栖迟蝶梦忆庄周。

南歌子

俗事休牵系，行藏更不愁。
心无滞碍也无忧。
但许西城风月、共优游。

烟雨浮尘远，芦花度玉柔。
空怀如寂净明眸。
观照溪山花树、寄春秋。

相见欢　飘雨之日

2020. 07. 17

沉沉夜色高楼。忆环钩。
夏雨悄然风物似凉秋。

丝不断。滴还乱。蓄清愁。
含蕴一怀思绪系心头。

附记

超长的雨季今天应该结束了吧。淅淅沥沥的雨，断断续续一直延续到昨天。感觉中梅雨延续的时间，似乎要超过了春天明媚的日子。江南的天气就这样，清明时节雨纷纷，春和景明没几天，就到梅雨季节，出梅就是入暑。最后的梅雨绵密如丝已不再那么任性，说来还是有些喜欢飘雨的日子，至少给夏季平添许多清凉。如果不是因为江河洪涝，飘飘洒洒的雨还挺有一些抒情感。偶然想李后主《相见欢》词，无言独上西楼，虽然雨夜不见月如钩，那种剪不断、理还乱的思怀，依然可以想象。欲依李后主韵作小令，却发现“钩”字竟然颇如险韵。秦观写过一首《浣溪沙》，其下片云："自在飞花轻似梦，无边丝雨细如愁。宝帘闲挂小银钩。"淮海用韵与李后主相同，不知其时有否想到后主之词。"无边丝雨细如愁"，看来细雨自古以来便有闲愁之意。

望海潮　玉环观海

2020. 07. 20

蓦然想到，今年曾经三次看海。第一次是年初的博鳌之海，纯净蔚蓝，一碧如染；第二次是春节期间的旧金山，濒临太平洋的海；最近一次是在玉环看东海，浑朴的黄色如天地之始，鸿蒙初开，愈显沧桑渺远。遐想遥远的地方，海与海相连，海与天相接，浑朴的黄与湛碧的蓝渐次相融。兴之所至，再赋《望海潮》，聊以寄意。

腾波无限，黄云激荡，渺茫浊浪排空。
日落月升，朝来夕去，盈虚天籁如冲。
岸岛峙长风。看波暗樯橹，涛涌龙宫。
一片渔村，参差门户偶相逢。

冷清小巷窗栊。问青阶石瓦，何处渔翁。
门泊远帆，楼观近海，苍茫涤阔襟胸。
天地尽包容。遥想蓝如碧，浑化苍穹。
夜语蜉蝣齐物，谁与说鸿蒙。

踏莎行　暑日闲情

2020. 07. 22

节令大暑之日，时而有雨，不知黄梅天过去否。暑天最忆清荷清荫，便与友人相约。夜里学校开会归来，想到当有诗词，乃以《踏莎行》为调。

天淡朝云，风残暮雨。
黄梅季节疑归否？
高台孤坐意徘徊，冰心一片无言处。

始见新晴，又临大暑。
浓荫最是湖边树。
舒怀雅趣入清襟，何人相约芙蓉浦。

潇湘逢故人慢　荷友向琼宫

2020. 07. 25

午后偕湘君游曲院风荷。又穿过跨虹桥，经西泠桥到孤山北，一路观赏荷花。曲院风荷看我荷友，上月来时已觉其不似往年那么清茂，此番岸边苇叶丛生之中，孤零零唯见小小尖角。荷友尚存，然也受到湖边野芦荻的侵扰。恍觉荷友仿佛仙女，此刻又被召回琼宫。慨然有感，与湘君约调《潇湘逢故人慢》，因此意而作，是有所思也。

回廊芳径，凌波横塘外，翠盖绡红。
几番问芙蓉。小桥独行处，淡抹颜容。
经年有约，便来时、独觅仙踪。
怎知是、积旬霖雨，但存萑苇成丛。

临波影，妆未整，问谁怜、别时垂泪匆匆。
弱质任随风。叹归去瑶台，魂断琼宫。
天涯旧梦，料今夜、思忆朦胧。
犹然若、楚云吴月，素怀再得相逢。

归田乐引　湖山思田园

2020. 07. 30

夏雨来无数。但记得、那时意绪，更如何推吐。
任从洒落尽，还莫休住。
洗净浮尘且归去。

闲情陌上语。纵有意、未知天可否。
但思陶令，日暮云微侣。
野花杂绿树，苇风吹处。杨柳春来也飞絮。

附记

夏日绵长的雨季过去之后，便已经是中伏天气。晨见张建庭先生杭州城隍阁照，想到高阁清风，葱茏无限，钱塘山水尽在一望中，古人所谓“立马吴山第一峰”，正在近旁也。悠悠历史，尽入眼底，唯此心与湖山相融。乃随吟绝句一首题赠：城隍阁上倚清风，山色湖光一望中。看尽江流千古事，心随绿野共葱茏。又日前尝于乡间观雨，阡陌纵横，野芳发而沐雨，夏苇秀而临风，飘飘洒洒，如若万物清洗。因思陶渊明园田之乐，渊明拟古诗中有云“日暮天无云，春风扇微和”，钟嵘称其“风华清靡，岂直为田家语耶！”那种境界，别有向往，乃用晏几道《归田乐引》原韵作田园观雨。

丑奴儿慢　云山往事消夏

2020.08.01

孤襟清袖，莫道世事良价。
问丽日蓝天，风景却难图画。
欣然逸兴，疏放处、信步如家。
野溪飘雨飞云，和我共度一夏。

恰似东篱，松荫竹影，十分潇洒。
舒缓石阶间，遣散这些闲暇。
纵目放怀，便古今、尽在眼下。
美人峰上，秦亭阁外，且自说话。

附记

昨日山行之轻松大出我意料，高树浓荫竟不觉夏日酷热，疫情数月来的懒散一扫而空。原拟走桃源岭，因西晒太阳故改从沿山小径行，由秦亭山、美人峰折转到桃源岭归来。山间少人影，秦亭山相传有北宋词人秦观的故事，记得有一年我和余诗人行步，曾给他讲过这段掌故；美人峰及桃源岭，则有我曾考证过的毛泽东

1958年所写诗的用典含义。毛诗中所谓“飞凤亭边树，桃花岭上风。热来寻扇子，冷去对美人”，显然是实写山行，又用班婕妤典故，其含义颇深。

伫立峰顶，俯瞰西湖，一脉南山，半城繁华，古今往事，飘如云烟。悠然此兴，闲暇吾意，间有东篱松竹之情。忆及前几年曾乘兴游步，尝步辛弃疾韵作《丑奴儿近》词，自云“稼轩效易安，我却效稼轩”。今日则用原韵再填新词，陶渊明“拥孤襟以毕岁，谢良价于朝市”，其此时之谓乎？

七律　谁怜明月清影

2020. 08. 04

话说庚子农历六月不一般，百年能得几回见，十五的月亮十四圆。昨夜楼台观月色，清辉伴我梦中眠。恰是昨日言及《五灯会元》里，很喜欢崇慧禅师所说：“万古长空，一朝风月。”偏巧明月相存问，因以此句成诗，中夜吟以绝句，晨醒意犹未尽，再衍为律诗。

万古长空天渺远，一朝风月自婵娟。
清辉有意微云淡，冰洁无声润玉圆。
漫忆流光归旧梦，轻吟短句更谁怜。
西城夜色犹存问，静影临轩照我眠。

记梦词二首　夜游宫回定风波

2020. 08. 05

夜梦故人相逢，驱车匆匆，蓦然似有江汉楚山。午间小息入梦，浙江海边，细雨飘飞。醒见老友沪上观吴王金戈越王剑，有竹林七贤拓片王右军书法。作记梦词二首。

夜游宫

宿梦无端忆起。却还似、江南旧地。
细雨如烟向海水。风苍凉，浪苍莽，接天际。

归路人留滞。看几处、右军临纸。
壮气犹思千万里。吴王戈，越王剑，竹林意。

定风波

云漫天光水共融。渌波微雨意朦胧。
两靥芳华含巧笑。窈娆。巫山思远更情浓。

零落浮生成片段。暗换。韶华流逝又相逢。
眉眼清波含翠黛。休待。任她水复与山重。

浣溪沙　空尘金莲寺

2020. 08. 06

午后驱车小和山途中，深入西山脚。石阶蜿蜒，上有宋代古刹金莲寺，古代颇为知名。山的另一面便是龙坞，从金莲寺可俯瞰一片茶青。龙坞到金莲寺有车道，然小和山一边则只有石阶数百级，沿阶百尺云崖，万竿修篁。天热未曾登山，倒是经过路边小刹宝相寺，殿门紧闭，寺前香炉冷寂，了然如有空意。随作小词一首。

法雨香云映石阶，西山竹径隐高台。
崇崖千尺少尘埃。

宝相炉空烟火寂，金莲禅迹旧曾来。
回望天际意徘徊。

七律　狗子有佛性

2020. 08. 07

径入山门觅翠阴，便寻梵刹度前身。
凡尘但向澄林净，逸韵还随古意新。
合掌三声观自在，清香一炷念生民。
赵州狗子犹佛性，独笑书生说冠巾。

附记

日间午后入灵隐寺，恰明日观世音成道日，寺中诸殿念念合十礼佛。已先谈及相关事，又与戒法法师交流佛教史。待及大和尚处有公人谈事毕，乃入丈室坐听大和尚谈说。尚言佛学教育与灵隐千七百年纪念事，寺院兴建与佛学院学科建设。随论甚多，如西湖诸塔保俶、六和等，融于江山景致甚有韵味。而今人所建之城隍阁及雷峰塔，浑不成比例。更言之千岛湖山水虽佳，独独少了文化的沉淀，一抹青山碧水之间，看不到固有的人文景致。却不知黄公望富春山居图，隐约之间偶见僧迹，一片飞檐若隐若现，这便是灵动。

不觉天色已晚，斋堂中又聊起有游客尝不满他人抱小狗入寺。大和尚随云：狗子也有佛性。说来这狗子有无佛性，却是禅宗史上赵州和尚的一段著名公案。云狗子前世有业遂入寺乃以修持也。餐后出来，停车场处又与大和尚立聊片刻，但觉寺中夜风自然清凉，想起今日却是立秋之日。归来又见吾昔年高徒，谈日前医治山间小庙腰腿伤断小狗事，善哉此意。乃欲以诗为记，思及苏轼最善僧人参寥子，有《夏日龙井书事》诗，呈辨才法师，兼寄吴兴苏太守并秦少游，时少游在越。几位文士和诗僧都甚喜欢，遂步韵参寥子作律诗。

金盏倒垂莲　秋风度禅意

2020. 08. 08

昨日立秋，今日是观自在菩萨成道日，乃行梵刹。晨作莲花词，并昨日寺行有记。

清水芙蓉，尽天然本色，轻染霞绯。
摇曳芳姿，蓝若共云霓。
碧叶净、无须雕饰，淡妆匀抹晨曦。
但许几瓣，临风甘露涟漪。

澄怀如观自在，寄秋风乍起，凉意初回。
晓韵开时，依旧大慈悲。
看五蕴、皆成空照，万端还莫相违。
菡萏一笑，慈航度我尘衣。

临江仙　梦仙人指路

2020. 08. 13

昨夜梦里似有仙人指路，到得一座山上。山顶双峰相对之间，有湖水层叠相映天光。山和湖都很静寂，没有什么人迹，也没有任何修饰，显得格外自然纯朴。折转回来的小路上，有几个孩子在玩。梦回窗外一丝晓光穿过帘幕，想到晏几道的《临江仙》词："梦后楼台高锁，酒醒帘幕低垂。"遂用小晏原韵记梦。

梦里仙人指路，高峰相对云垂。
空山涵碧水清时。
岸边身影寂，湖上白云飞。

回首但闻童语，轻风吹拂尘衣。
庄周蝴蝶寓遐思。
神魂无物我，栩栩可曾归。

破阵子二首　次韵辛稼轩

2020. 08. 14

其一

陇外朔风吹雪，燕山刁斗边营。
西出阳关杨柳怨，何处听闻渭水声。黄沙暗骑兵。

铁甲剑光冷射，矢鸣断雁飞惊。
马上相逢还一笑，回顾凌烟阁上名。酒酣醉此生。

其二

挥刃寒光剑冷，折冲白马曹营。
单骑青釭谁救主，长坂坡头闻吼声。只身百万兵。

枪横浑身是胆，渡江督帅堪惊。
尽道常山豪气在，一战将军千古名。英雄叹老生。

附记

崇尚英雄，向往马上纵横的浪漫侠气，几乎是每个人都有过的少年梦想。昨日夜行之间，闻微信有唱常山赵子龙，忆及少年时读三国，最喜欢的人物便是赵子龙。记得十六岁下乡时，村里有个会说书的大叔，一起山间开渠引水，晚上睡在石砌的涵洞中，听他说大书。刘备联吴抗曹，初次渡江，江东周瑜迎接，那段对话有声有色：皇叔，过江啦！/过江了，都督。/兵带多少，将带几员？/兵无一人，将只有赵子龙一人。后来读大学，喜欢读盛唐边塞诗，喜欢读豪放词：金山西见烟尘飞，马上相逢无纸笔，黄沙百战穿金甲，醉卧沙场几人回。想到辛弃疾专写过一首《破阵子》，为陈同甫赋壮词。说来这个常见的词牌，竟然没有写过，回到家步稼轩原韵，一口气便写了两首。

新雁过妆楼　贺小磊新婚

2020. 08. 17

俨然是人生的一个重要记忆符。昨晚有女弟子小磊新婚，也是当年我门下几个弟子难得的开心一聚。恰是溪山清景，薄暮之时天光云影，异彩如环，甚是吉祥。夜归有所感慨，乃以词为祝贺。

丽影云天。偕光幔、西溪别样清妍。
碧旻有意，知是燕婉新欢。
暮色还随秋树染，霞帔便许水云间。
看婵娟。袅娆素淡，凤侣俦鸾。

回眸疏梅旧事，楚楚寻觅处，巧笑蛾鬟。
蕙心兰质，相对镜里容颜。
芳心向谁约定，共一曲吟歌当百年。
因缘在，道万般情意，方得连环。

附记

说来在我过往指导的弟子中，小磊从本科就读浙大广告专业，直到后来保研浙江大学传播研究所读研究生，都是跟随我做专业学习研究。本科时候她是广告专业的班长，记得我担任新闻与传播学院总支书记时，她便作为学生助理在我办公室轮值，那年学生毕业很多具体工作都是她帮我做的，颇有工作能力和敬业精神。再后来她保研跟我，主要研习整合营销传播，我带着弟子一起做课题，大家开开心心，不亦乐乎。闲暇的时候，我偶然会写几句旧体诗词，品鉴一番弟子，于是这也成了研究生们开心的谈资。写小磊的那首诗藏头“小磊最天真”，第一句是“小荷才露疏梅初引”，于是王佳开始便以疏梅称呼小磊了。

研究生毕业的那年，小磊去求职。在当年浙大新闻传播学同事中，其他老师门下大多去媒体和高校，而我的弟子则主要去企业，这大概也是他们选我做导师时的初衷吧。那时候我的好几个弟子都在跨国公司就业，诸如强生、德勤、可口可乐、绿箭等。小磊平稳地找了一个省属国企，面试回来她绘声绘色地跟我说，自己是如何用整合营销传播理论，把面试官说得频频点头。看来她是颇得我真传，我一向坚信，自己的那套理论还是很有实践价值的。

人生中许多美好的记忆，就如同小溪流经的岸边花草一般。再后来她从那家大型国企转场到了万科，有一次偶然谈及杭州房地产营销界的某桃某芳，她的神情充满崇敬。我笑了笑对她说，过不了几年在房地产营销界，你就会成为超越她们的房产丽人。几年后房产巨鳄融创进入杭州，开始大举在房产界挖人，小磊成了他们重要的目标。四年前的某一天，融创的陈董请我吃饭，彼时小磊刚入职，我跟陈董打趣说，我有个弟子正在为贵公司服务。他开始以为是普通员工，待我说是小磊时，他的表情分明告诉我，这是个重量级选手。

最近几年，虽然不大关注企业营销之事，但小磊在融创的每一步成长，都会告诉我，如今她总负责融创东南集团的品牌营销。在小磊的婚礼上，当她的直接领导融创中国执行总裁，说起小磊正带领她的团队，为今年实现 1 200 亿元销售目标冲刺时，我还是为她感到自豪。前些天我曾对朋友说，老师最开心的就是看到学生有所成就和建树。坐在我对面的文轩，如今也是蔚来汽车负责品牌营销的副总；正涛和文轩一样做汽车销售，是宝马库珀的浙江老总；比较内敛的金鱼，从绿箭公司出来；加盟广告专业师兄的宋小菜，现在负责全国营销。我知道我的营销传播时代已经过去，但是我当年的研究需要有弟子继续做，于是少数留在了大学，比如王佳，就设法调到自己身边，如今不仅是出色的学科骨干，而且还兼做营销传播学系主任。岁月如歌，熟悉的曲子时不时会响起。

七绝二首　四明清风云林禅

2020. 08. 19

其一

四明湖上挹清风，近水楼台晚照中。
绿树浓荫幽岸草，随行夜色看星空。

其二

三教九流四面风，云行日影静观中。
虚怀弘法闻僧语，万事融通便是空。

附记

四明山开佛教学科建设会。杭州佛学院乃光泉法师于1998年创建，大和尚以灵隐寺方丈暨佛教协会会长并兼佛学院院长。其弘法事业格局恢宏，多所谋划。大和尚欲于佛学院兴办管理学科，主要对应寺院规范化管理之需要，我亦为之制定课程规划。去年全国讲经法师授课，我结合自己的研究，曾专题讲授《整合传播与佛教历史弘传》。人生晚年能够做些佛事，也是一种福报。

开会期间有幸聆听法音，大和尚爱教爱国，弘法远瞻。我在发言中主要讲了三点：一是要看到大的趋势，佛教数千年延绵自有其必然性。佛教在历史上受到当政者的密切关注，所以才会特别强调佛教人才培养。二是学科发展要明确定位，杭州历史上的大昭庆寺，是中国古代最重要的僧才培养基地，民国时期的四大高僧，都与浙江和杭州有交集。所以杭州的僧才培养，一定要成为中国第一流的。三是如何更好地把队伍建设、人才培养、科研和社会服务以及社会声誉这些主要的学科评价维度结合起来。比如佛学管理的教育，就是培养寺院当家的，所以要从现实出发，把现代管理思想与传统丛林规则结合，统一提升。

四明湖小住，近水楼台，湖光山色，明净如洗。尝与大和尚随行夜步，时清风徐来，波影隐约，远离都市的尘埃，夜空中的星星也格外明亮。归来思及逸兴，随作绝句二首。

祝英台近　蛾眉新月

2020. 08. 22

农历七月初四，处暑。昨夜归时，蓦见一弯新月西挂天穹，甚是怡人。农历初三前后的新月，因其形如弯眉，素称娥眉月。想到欧阳修词：“独立小桥风满袖，平林新月人归后。”很羡慕这种情景，前些年夜步西溪之际，曾小桥独赏新月，并以此为 QQ 签名。归来思之良久，念及新月之淳寂，宛如人情和婉，乃为之词。

晚风轻，水波浅，新月惊初见。
天际林梢，一勾最缱绻。
上弦秋影娥眉，淡云细柳，便适度、剪裁修短。

念眇曼。夜色淳寂沉声，纤纤意未断。
何况银钩，只如人和婉。
莫道圆缺无言，缠绵悱恻，更来去、几多歆羡。

临江仙　闻诵经

2020. 08. 25

西城归时恰当正午时分。天色稍有变，几滴微雨，飘洒车窗，继而又止。车行旧景，念三千世界，恒河弱水，但取一瓢。连续忙碌完不觉疲倦，端坐闻诵《地藏经》，阖目稍息，恍然神驰。儿子归国，金陵机场受伤。明日适金陵，人生逆旅，秋雨未必能赏。乃依苏轼送钱穆父之《临江仙》韵有作。

万里长空如过眼，回眸沧海红尘。
偶然微雨度秋温。一花一世界，聊且看松筠。

且休道劫波渡尽，恒河沙数浮云。
茗杯浅笑不须颦。三千有弱水，逆旅是行人。

念奴娇　困卧金陵

2020. 08. 29

江东霸业，更三分鼎立，六朝人物。
虎踞龙盘遗胜迹，潮落石城残壁。
玉树花庭，烟消王谢，激浪来如雪。
洪波淘尽，再无击楫豪杰。

怎奈困卧金陵，凭窗斗室，遐想犹清发。
记取当年曾聚首，不许壮心磨灭。
松径归来，浩歌飞雨，尽湿苍襟发。
逝流惊梦，秦淮空寄明月。

附记

困于斗室比疫情禁足还要逼仄。唯有一扇小窗，窗外据说属南京最贵楼盘，原因是可俯瞰江景。大江东去，古时建邺又称金陵，是我年轻时最遐思的地方。那时候写魏晋文章，读六朝事迹，吟刘禹锡写石头城和朱雀桥的绝句，以及周邦彦《西河》词谓“佳丽地，南朝盛事谁记”，王安石《桂枝香》（登临送目）之“千里澄江似练”。萨都剌的那两首怀古之作，更是倒背如流。

记得二十岁出头那年，我和发小凯旋曾来南京会东明，时东明父亲任政治学院训练部长，我们就住在政治学院，那个院子据说是民国时教育部旧址。最难忘有一次三个人骑行从明孝陵归来，沿路松径浓荫，想到了萨都剌的词，“东风辇路，芳草年年发，落日无人松径里”。其时突然大雨如注，全身湿透仍意气不减，一路飞车狂歌。岁月如江水流逝，此后几番过往南京，秦淮明月、莫愁旧迹依旧在，但所有的记忆都没有那次深刻。困卧更是玄武无迹，不知蒋山何在，所幸心自空灵。为灵隐的皋亭山项目取名字，为重建杭州文化地标写报告，为浙江文史记忆纲目提建议，只当作是城市文化研究。有所感慨，遂依萨都剌石头城韵填词。

梦芙蓉　金陵寄荷友

2020. 09. 04

近来多梦，梦里似是先前曾留住处，梦回也不知更早前是否梦到过。恰是清早湘君发来素荷清照，一瞥之即知是我曲院荷友。日来重门闭户禁足金陵，亦思及荷友，意欲归杭再做探视。想我与荷友，也是一番因缘，琼色素怀空如寄，莫非也是梦里扑朔迷离境象，如梦如幻正如缘起缘灭。依梦窗自度《梦芙蓉》为调，题如其意。

秋风思远绮。碧波摇曳处，澹湖柳底。
晚云相映，孤寂小桥外。
念清嘉十里。唯她幽独临水。
缺月疏凉，更初阳宿雨，涵韵照梳洗。

夜梦迷离旖旎。晨寐依稀，恰一枝遥寄。
感君知意，怜我惜环佩。
叹重门禁闭。空怀共与沉醉。
咫尺拈花，想终归一笑，缘起缘灭。

望远行　关河入梦

2020. 09. 11

莽苍迤逦，惊残梦、万里关河如溯。
水阔云清，中条横列，又却似西兴浦。
道有情风，斜晖漾照，浪涌画图，舟行远渡。
但浩然、还与东坡叹今古。

凝伫。凭望天涯俦侣。且指点、往来去处。
粲然一笑，空翠烟霏，遥想几人回顾。
不知穿越何方，迷离扑朔，商略还当儿女。
念钱塘江畔，岫峰无数。

附记

昨日教师节，回顾几十年从教生涯，拟填《望远行》词，然终因无感而无所收获。偶然翻出一张照片，记起十五岁那年读高中，老师带我们出游，孤山下公园亭中围坐，与小伙伴纵谈今生。去年昨日再坐亭中，数十年过去，情景恍然如见。晨醒见秋雨临窗，流年风随白露，壮心早已吹漫。率为七律一首：夜凉白露生秋气，宿雨临窗晓梦前。昨日无心谈节事，今朝有意叹流年。风华半世情何在，寥落余生境已迁。纵许长怀天际远，秋风吹漫竟茫然。

是当日夜又梦里行至大河重山。梦中水面开阔，似乎是钱塘江又像是黄河，对面山势清晰列展，则分明是中条山。同行几人不甚分明，似有老父小女，我对近旁小女儿指说河山，并拍摄壮阔图景。醒来颇觉愕然，我并无女儿，联想到前几日去滨江，曾与儿子谈及西兴；又有朋友发晋中山照，我亦思及黄河之水。难道梦杂糅了这些？醒来因西兴想到苏东坡词："有情风万里卷潮来，无情送潮归。问钱塘江上，西兴浦口，几度斜晖。"因以为词。

七律八首　秋兴次韵杜甫

2020. 09. 15—2020. 10. 05

九月中旬始间或次韵杜甫作秋兴诗，至十月初前后达二十余日。杜诗八首以夔州与长安前后构成组诗，颇有时序之次。我之次韵则率然随兴，虽不分次第，然其胸廓脉络亦颇为清晰。

其一

秋气萧萧澹旧林，楼前高树愈修森。
远山脊起余苍黛，近水波平敛静阴。
世事无关司马泪，闲情有碍道人心。
晨风蝉翼知何处，日暮如闻老杜砧。

其二

簌簌风微细雨斜，闻声密叶感秋华。
阴从天色疏云影，晴向浮光动客槎。
缥缈衡阳思旅雁，羁怀汉塞写胡笳。
寒波渐老芙蓉树，曲院残留几许花。

其三

秋风吹雨隐霞晖，黯淡云烟棹影微。
雾失泷涛波未起，烟笼沙渚鹭难飞。
挂帆秦帝原无意，张弩钱王本不违。
襟带山川空念远，闲花岸草忆嘉肥。

其四

世事原如一局棋，浮生无喜也无悲。
溪流桂影秋分日，陌上花开似旧时。
漫说空怀真意在，任从逸兴性情驰。
闻香但许吟风月，飘雨来时若有思。

其五

丛林寂静武林山，夜月初临梵刹间。
僧路归来灯影暗，禅声远去寺门关。
飘香桂子还知语，素月流辉亦解颜。
丈阁旷怀今古事，秋风自诩是仙班。

其六

凝香芳树簇枝头，最是怀君念九秋。
桂魄飞来如有意，闲情淡远了无愁。
朝云露湿涵山寺，夜月江清渚远鸥。
相望楼台花满树，逸思襟韵醉杭州。

其七

经天纬地本无功，圆缺阴晴万象中。
洒落冷光生白露，飘浮云气动长风。
杯茶浅绿三重碧，薄酒匀沾一点红。
秋意无心人有意，因缘世事倚天翁。

其八

秋行云顶路逶迤，竹树参差漾远陂。
望眼晨风吹绿袖，仰头明月上高枝。
清晖偏向清新影，雅韵还随雅兴移。
便遣诗怀常作伴，不辞梦里月光垂。

附记

秋来似乎不是很顺遂。9 月 14 日想到三十五年前选注元好问诗文，只读一遍便记住了：“郁郁羁怀不易开，更堪寥落动凄哀。”时见柏兄次韵杜诗，便也忽生此意。窗外天色阴郁，远山近水隐约可见，恰日前与友人闲聊，提及少年记忆中的韩城，那是个比杭州历史要久远许多的古城，《诗经·大雅》里便已有记载：溥彼韩城，奕奕梁山。司马迁还有比他更早一些的司马相如，都是源出于此。说来我外婆祖上也是司马迁一脉，世代居于梁山之坳。果然第一首诗成，朋友问此司马是司马迁还是司马相如，我打趣曰：江州司马。午间又思及昨日浙二医院归来时，特意驱车绕行西湖，匆匆一瞥间，清波澹澹，却是叶浓荷稀。其时楼外微风细雨，是秋之为气也，再作了第二首。

第三首作于 9 月 17 日。时大雨中跨江归来，先填词《临江仙慢》，午间稍事休息再作次律诗，大略依前词之旨，然命意略有不同。素喜唐诗李峤之“山川满目泪沾衣”，及杜牧之“江涵秋影雁初飞”。江南虽近中秋，然江畔草色青青，间有花树红红白白。又思旧时钱塘江天堑吴越，范蠡功成之后挂帆隐遁。诗中“嘉肥”，即古人称颂隐遁之词。

第四首作于 9 月 23 日。先是友人相约一聚，限行不宜开车，看路程仅三公里，大半是我曾夜步沿河行走过，便决意徒步而行。日间行走看得分明，循河行走，纵横之间竟然穿越五条河，偶然飘起几丝细雨却并无妨碍，更兼河岸初闻桂香怡人。是夜略饮几杯，酒后歌罢归来稍迟。次日秋分拟有诗，夜深未竟，清晨续成。

第五首却是9月24日梵刹归来所作。是日做事效率超高，正事闲事家事杂事琐事，写关于恢复杭州文化地标的建议，洋洋洒洒数千字，竟然一口气写完。前日大和尚在外言及隔日归来，夜来匆匆去寺院。到后山门外，恰遇师父与觉慧法师散步，便停好车一起走路。时月明风清，一路桂子飘香甚是怡人，回到丈室又谈了近两个小时方归家。尝言及古代钱唐县治，便在即今灵隐山一带，旧时亦称武林山。我言欲作多卷本佛国大传，以丛林僧迹为主线，围绕人物举凡历史文化乃及当时经济社会，拟于2026年前完成。大和尚谓如此一来，自然也可抽绎出一本杭州佛教史。寻又说起灵隐开山祖师慧理法师，其行迹资料很少，甚是缺憾。是中秋将近，明月照影，“素月流辉”是灵隐寺月饼包装名称。

第六首作于9月26日。清早醒来看有朋友言未见诗词，想桂魄秋魂自当有诗。前日西湖郭庄览风铃，亦曾觅湖边桂花，昨日小和山又留心于山间桂花，况每日楼台对望桂花。桂花是杭州市花，山边水边路边门边，无处不相逢，秋韵长怀最是君，乃以为秋兴次韵，晚归当有词。

第七首写在中秋当天，也是国庆之日。明月和秋风原本是自然现象，但在中国文化的长期积淀中，都成了最具典型性的意象。是夜稍事薄酒，酒后清茶一杯便作次韵杜。

第八首写于 10 月 5 日。八首次韵诗起自秋雨秋风秋气悲，秋江怀古生逸致，间以梵刹秋夜寺门寂，孤山桂香秋意浓，直至秋风明月尽自然，云顶山月人清淡。乃以身体悟江上之清风，山间之明月，取之不竭，用之不尽。一觞一咏关性情，明月如诗长入梦，是苏子有曰：吾与尔共适。

临江仙慢　秋雨失狂潮

2020. 09. 17

近日多经钱塘江，恰是秋雨连江之时，也曾雨中江畔独行，次韵杜甫秋兴后，兼以填词《临江仙慢》。这个词牌应为柳永所衍慢词，宋人之作仅其一首，平仄严格限定，尤以三处短韵，最是难以措辞。时惟八月，却是秋气连江，雾失狂潮。钱塘江古称罗刹江，当年秦皇东巡会稽，因遭遇大潮而停船。历来江水泛滥，五代吴越国钱镠治理江堤，传说曾万弩齐发，射伏钱江大潮。杭城格局之具，赖钱氏百年之治。

宿雨湿秋气，昼云黯淡，风也萧萧。
更弥漫、沧江雾失泷涛。沉消。
片帆不见，凭谁问、八月狂潮。
思量处，便几番经过，罗刹江桥。

滔滔。吴山越水，天堑分拆兰皋。
甚当年、秦帝系缆停桡。
玄旄。射波经略，东南事、万箭鱼鞘。
长堤上，任冷风吹雨，聊自逍遥。

千秋岁引　世事如棋

2020. 09. 23

先是次韵杜甫秋兴之四，似乎并无悲秋之感。午后意犹未尽，再依其意衍为长短句，次韵王安石之《千秋岁引》。诗词命意颇同，然体制殊异，于中可见不同体裁表现之差别。

世事如棋，浮生错落。
可奈纷纭总蜗角。
溪流桂香涵清影，花开陌上依秋廓。
正秋分，风和月，亦如昨。

真意空怀休自缚，一任性情酣池阁。
逸兴来时莫抛却。
清杯薄酒还对饮，闻香灼灼凭谁约。
看秋雨，吟风月，闲思著。

汉宫春　咏辛弃疾

2020.09.25

醉里挑灯，看江山万里，梦入山庐。
旌旗金戈铁马，剑冷人殊。
江南江北，但驱骋、不问亲疏。
天下事、美芹十论，君王九议留无？

寂寞军行飞虎，遣使漕运者，豪气何如。
可怜英雄未老，虚度暇余。
词盟鸥鹭，带湖边、秋意莼鲈。
挥泪处、红巾翠袖，风寒种树残书。

附记

夜间独自走路时，默诵或者做点诗词创作，是我长期保持的习惯。昨晚行走中快意填词，因见有次韵辛弃疾《汉宫春》者，余谓辛弃疾甚喜此调，其于《稼轩词》中多曾有见。前几年我也次韵过辛弃疾在绍兴知府任上的秋风怀古之作，并且很喜欢他的一首同调《立春日》："却笑东风从此，便薰梅染柳，更没些闲。"辛弃疾是我早年学词最喜欢的词人，我的硕士学位论文就是写辛弃疾。那篇文章后来分拆发表在《文学评论》和《杭州大学学报》上。三四十年前最初的专业著作理想，就是写本《辛弃疾词传》，不想除了早年发表过的几篇研究稼轩词的论文外，至今写了近三十本书，却早已无关稼轩。恰是山阴赵君几番登蓬莱阁秋风亭，这都是当年辛弃疾写秋意处，有所感触随行随写，用稼轩秋风亭怀古原韵咏以赞，词意主要以稼轩生平创作为依。

桂枝香　孤山赏桂

2020. 09. 28

年年孤山探梅观荷，秋意来时又寻觅桂香。孤山桂花的香郁，有甚于满觉陇，尤其是繁茂的丹桂金桂银桂，高大簇拥在一起，清香沁人，琳琅入目。午后到西泠桥，柏湘二君尚未至，乃独行孤山。西湖诸景，最爱孤山，非仅此地湖山独绝，更兼其有种别样的清幽，仿佛是繁华尘世中的遗世独立。诸君饮茶孤山一片云，沿湖行至植物园外餐罢，遂相约填词。

湖山秀色。最此地清幽，几番寻觅。
疏影凝香冷韵，雪容冰识。
荷风未老芙蓉叶，又徘徊、桂花消息。
柳垂波澹，孤山一片，翠云盈碧。

旧时树、犹然记得。问秋意归来，何处踪迹。
西子金钗，点缀玉魂丹魄。
姮娥夜月遥思恋，便琼宫舒袖孤寂。
范公坡老，隐僧知己，尽成追忆。

蝶恋花　婉约如小晏

2020.09.29

晏几道怀人之词，用语平淡自然，往往并无雕饰，但读来却每每感人，这跟其柔肠百转、纯情真挚有关："衣上酒痕诗里字。点点行行，总是凄凉意。红烛自怜无好计。夜寒空替人垂泪。"且学小晏风格，略作婉约一曲。

绿树白云谁与记。野草青青，无语空山翠。
眼角眉梢都是伊。别来尽是相思意。

梦里芳魂诗中字。字里行间，遍著衣襟味。
苦恨当时离别易。思量心事如何寄。

念奴娇　庚子中秋词

2020. 09. 30

卿云流粲，正湖山寥廓，月诞秋节。
万里桂飞佳气在，夜色皓光回雪。
西子容颜，姮娥舞袖，倩影何清绝。
凭谁相约，四明云顶圆月。

高处放旷襟怀，自然天籁，共此心澄澈。
便欲吟歌将进酒，遥寄琼宫天阙。
玉鉴冰轮，神驰香魄，意会无须说。
虚盈如素，晚风吹澹凉热。

附记

明天是中秋，想到了一件事。那年也是中秋和国庆同一天，我早已从企业回归到大学任教。某天带我的第一个研究生和本系年轻老师一起去娃哈哈，宗老板说中秋要给非常可乐做个广告，我随口宕宕说：“中秋快乐！国庆快乐！中秋又国庆，非常可乐！”过了几天，电视播出时真的用这句话剪了一条广告。一晃便过去了二十年，月色依旧，世事如风。后天应邀去四明山云顶参加明月诗会，前后不到三个月，居然三上四明，也是颇觉奇妙。露台观月，念及年年明月，情有所钟，故先为之词。首句卿云即祥云，《史记》谓："若烟非烟，若云非云，郁郁纷纷，萧索轮囷，是谓卿云。"又上古时有《卿云歌》："卿云烂兮，纠缦缦兮。日月光华，旦复旦兮。"是颂德舜帝禅位于治水的大禹。民国之初北洋时期，曾被定为中华民国国歌。

永遇乐　四明云顶诗会

2020. 10. 03

蒙多元集团张坚总相邀，八月十六四明山云顶明月诗会，篝火联欢。苏子曰："少焉，月出于东山之上，徘徊于斗牛之间。"乃咏明月之诗，歌窈窕之章。晨起清风拂面，轻步徐行，随咏《永遇乐》词。

丽日秋晴，四明山色，云顶佳处。
远眺平湖，近观竹影，野秀花无数。
落霞染翠，重峦叠影，烟霭飘浮日暮。
夜来时、清风明月，琼辉洒落如注。

围炉篝火，延杯樽酒，恰是仲秋三五。
贤主嘉宾，良辰美景，舒袖佳人舞。
梦回诗意，情生雅兴，觉醒闲园吟句。
但留得、一番记忆，更长与语。

摸鱼儿　古堰舍利香樟

2020.10.06

丽水古堰画乡的通济堰，始建于梁武帝天监年间。相伴古堰的千年古樟群，最早的已有一千五百年，其中最老的一株古樟，几经雷击火烧，依旧奇迹生还，民间敬为舍利树，今用稼轩《摸鱼儿》韵填词咏之。

问千年、几经风雨，水流花落云去。
虬枝苍干犹沉默，见过凋零无数。
留不住。但记得、一年一度归时路。
斑痕若语。算雪积寒霜，雷鸣酷暑，石岸草粘絮。

思梁武，憔悴台城有误。天颜苍老遭妒。
但余此地长留守，旧堰向谁倾诉。
观竹舞。更阅尽、浮华飘逝如尘土。
古今寂苦。舍利树无言，沧桑漫忆，空廓入深处。

霜天晓角　茶山秋思浓

2020.10.08

天清云洁。共向秋风发。
满目茶山层叠，浓深处、今夜月。

敻绝。冷与热。嚣尘都湮灭。
秋树春云依旧，夏时雨、冬时雪。

附记

昨日午间，共老校友十余人聚于梅家坞。餐罢沿茶山而行，绿波层叠，碧峦连云，此山此景此意，此乐何极。今晨有老同学也频观昨日茶山照片谓："绿得这么深，这么浓。"我回说："平平淡淡一句，讲得这么好。"记得四十年前曹禺新作《王昭君》，里面有句台词："淡淡妆，天然样，就这么一个汉家姑娘。"很平淡的一句话，却是感觉美极了。审美就是这样的，简单的崇高，单纯的伟大，绚烂之极归于平淡。因以深浓入词填小令《霜天晓角》，用北宋杭州隐士林逋入声韵。

五律　心随雁明灭

2020.10.13

同学偕行访南雁荡。踏级天门，回望云关，过东西洞，有仙姑洞、观音洞。会文书院深藏山中，宋代理学家程颢、程颐的高足陈经正、陈经邦兄弟在此读书，南雁荡儒释道兼有，儒学尝居于此，朱熹曾慕名多次率弟子来此讲学。苏步青教授乃平阳人氏，以数学家而擅诗名，曾多次行游南雁荡，其诗多见沿山石刻。兹以苏步青先生咏会文书院为次。

书院深踪迹，峰生一柱孤。
天门幽石级，筏竹碧明湖。
烟树东西洞，云关道有无。
寓心南雁下，到此觅仙姑。

蓦山溪　南雁会文谷

2020. 10. 14

峻岩冷色，叠嶂深南雁。
石径入重峦，更缭绕、岚飞云卷。
清溪归暮，试问夜如何，向崖上，可知乎，
潦草书房砚。

秋风解意，聊共君萧散。
看妩媚云山，迤逦处、鸥朋鹤伴。
风华渐老，乘兴有吟篇，情浩荡，意翩跹，
雁影人闲婉。

附记

昨夜南雁荡归来，再宿会文谷，诸君围坐知乎崖书房闲谈。书房建在崖上，备有笔墨纸砚，主人冀我留字，其情诚恳难以推托，兴致所之，遂挥笔书曰："悠然心会郁郁乎文哉谷中自有天地。"嵌会文谷三字于其中，首句用宋人张孝祥词，中间用孔子语，最后则是自己的话。夜里君敏问我是何寓意，乃为之解释："淡然之间心有所悟，多么的富有文采啊，这谷中别有一番天地。”今日又赴平阳黄汤茶基地，喟然有感，风物之胜、景致之佳，深处全在文化。昔年曾作《蓦山溪》词谓：“风华渐老，幸一湖烟雨，相伴得流连。”只今思之，唯有文化入深，方始成全风花雪月。因用前调再作南雁荡词。

七绝　瑶山若有思

2020. 10. 17

秋雨闲窗晓梦清，旧书缥缈忆飞琼。
汉皋未解书生事，台下空余江月明。

附记

秋雨晨读唐人孟棨《本事诗》谓：诗人许浑尝梦登山，有宫室凌云，人云此昆仑也。既入，见数人方饮酒，招之，至暮而罢，赋诗云："晓入瑶台露气清，座中唯有许飞琼。尘心未尽俗缘在，十里下山空月明。"他日复梦至其处，飞琼曰："子何故显余姓名于人间?"座上即改为"天风吹下步虚声"，飞琼曰："善。"此事在《太平广记·列仙》中也有记载。许浑乃晚唐诗坛最有影响的诗人，观此诗第二句两改而自然无迹，大为赞之。

诗中许飞琼系西王母侍女，记得八年前的春天，老友曾约我山墅看十万郁金香，错过时间，却是很惦念那郁金香，曾填过一首《高阳台》词，汉皋解佩是讲仙子与书生郑交甫之间的故事，词中用此典以许飞琼代指郁金香，在瑶池仙子中，最喜欢这个名字，因以次韵许浑绝句。

霜天晓角　霜降日次韵

2020. 10. 23

霜降日倚床有作。日前《霜天晓角》依林逋韵，今再用辛弃疾韵。颇喜稼轩词中“玉人留我醉”句，词中亦用之。又稼轩《贺新郎》词中尚用孔子语：“甚矣吾衰也，久矣吾不复梦见周公。”今易以倦字。《卷耳》出于《诗经·周南》，古人解说多有引申，似乎过于牵强。《诗序》说此诗是写后妃辅君，朱熹则谓“后妃以君子不在而思念之”，明人谢说云：“深情免使傍人议，嗟我怀人天际，专一须看《卷耳》书。”其实我最喜欢的是那个节奏，采采卷耳，恰耳字入韵，且又合稼轩玉人之咏，遂用之。

秋风扫尾。梦回秋千里。
窗外秋阳高树，绿叶在、犹如此。

甚矣吾倦矣。聊共闲书醉。
霜降来时清静，玉人咏、且卷耳。

唐多令　重阳赋秋芦

2020. 10. 25

溪水浅苹洲。荷残依澹流。
几束霜荻渐高楼。
斜照苇花天色远，芦如雪，正深秋。

花似老来头。可回年少不。
溯洄蒹葭旧时愁。
纵有相思千滴泪，乘兴处、且悠游。

附记

重阳之日颇有成就感。昨日好天气，暮行云栖小区，见秋芦如雪，晨醒想到宋人刘过写“芦叶满汀洲”句，遂用《唐多令》调。这个词牌最初进入我记忆的，是吴文英所作：“何处合成愁？离人心上秋。”古人写秋写苇花，都少不了一些清愁。忽觉苇花宛如风中白发，秋风白了少年头。诗云“蒹葭苍苍，白露为霜。所谓伊人，在水一方。溯洄从之，道阻且长”是永远的想象，因有意填词。上午收到所购的两个花架，打理了一番露台上的花。弄花颇有逸趣，旧籍中有载：“陶渊明尝九月九日无酒，宅边菊丛中摘菊盈把，坐其侧，久望，见白衣至，乃王弘送酒也。遂酌酒而饮，酒醉而归。”我素不好酒，但专心侍弄几下花，便很能体会陶渊明那种适然之情。

午后入刘庄，每去必看凌波厅，如看一个钟情女子。记得那年填《翠楼吟》词，如杜甫《佳人》一般，也是表达一种寄寓。刘庄有丁家山，其状如孤山，山上石阶二百级，是雍正年间李卫提督浙江时所建。沿阶而上有毛泽东读书处，读书阁西侧有隐溪，溪上有岩。当年康有为甚喜此处，题康山、潜岩于石壁。世事如秋风，只今空锁台阁，唯有苔痕侵旧阶。重阳登台，高处秋风吹衣襟，偶闻菊花香淡，便觉十分清雅。素喜杜牧“江涵秋影雁初飞”诗句，夜来依其韵有作：湖光漾映白云飞，岸影凌波近紫薇。碧水弓桥人已去，丁山画阁燕无归。潜岩石冷空书榭，老柳枝疏残玉晖。菊染苔痕重九日，秋风吹我旧尘衣。

八声甘州　翩然逸兴诗狂

2020. 10. 27

前些日子同窗偕行浙南文化考察，我因杭州有会中途而归。后半段又有王自亮、张邦胜二位加入。邦胜于诗词亦有雅兴，而自亮则更是富有激情的现代诗人，诗人余刚说他宛然一条极具激活力的鲶鱼。适逢草儿欲集诸君偕行之图文，恰日前老高与邦胜作《八声甘州》记游，今日午睡醒来颇有兴致，乃次韵一挥而就。

问秋风何处最堪游，晚云觅柴桑。
念仙岩佳气，梅潭水碧，南雁清苍。
又且会文谷宿，崖上有书藏。
山隐黄茶路，秋日浮霜。

辗转古桥因梦，有同窗谈笑，逸兴诗狂。
更翩然往事，经岁也如常。
且休道、萧萧鬓发，倚性情、天地自函枋。
回眸处、几番留恋，洒落衣装。

七律　百炼玉暖绕指柔

2020. 10. 28

晨读刘琨《重赠卢谌》诗，慨而叹之，念及疆场风沙，如此英雄，也难免仰天长叹，何意百炼刚，化为绕指柔。又读嵇康《赠秀才入军》及李商隐《锦瑟》，感叹人生极致之境，如嵇康之手挥五弦，目送归鸿。李商隐之此情可待成追忆，恰是一种人生心态。而其诗中颈联名句，原本出于戴叔伦之谓："诗家美景，如蓝田日暖，良玉生烟。"因依李商隐韵作律诗一首。

目送归鸿拂五弦，翩然锦瑟动流年。
秋风日暖蓝田玉，夜月魂牵杜宇鹃。
百炼何成柔绕指，几番激越净尘烟。
沧波万里趋沉静，顾盼清颜寓淡然。

昼锦堂　寺月应笑我

2020.10.30

波影斜晖，亭连碧树，尝许心寄神栖。
旧梦平林新月，烟水萋迷。
萦怀世事都不管，只图她暮霭晨霏。
秋风起，采菊东篱，桃源酒后人归。

吁兮。陶令近，修静远，慧僧虎跳寒溪。
昨夜微醺有意，暂寄闲杯。
万般皆出名和利，知行相守判云泥。
云林外，空有寺前明月，笑我徘徊。

附记

知行合一何其难也。昨日先是几番消息言及俗务，晚间朋友欢聚，原想饮几杯酒有助睡眠，不料睡未久又失眠。辗转之间，感叹自己想学渊明退归，到头来却是心有思退身未退，空诸万物泥于物，说什么栖溪风月，岂非自欺欺人耶？早上醒来，又见有推浙大宋画全集之《虎溪三笑图》，此为宋代名画，绘东晋末居于庐山的三大隐者相晤谈笑情景：莲宗始祖慧远大师、隐逸诗人陶渊明、道家宗师陆修静。由慧远不过虎溪的故事，联想到龙井的过溪亭，当年辩才大师自上天竺退居于此，送客不过溪。苏东坡仕杭与大师交往，每相往来，相谈甚欢，某日送归之际不觉移步过溪。想来这也算是禅门世代佳话遗风。

今见宋画，观之一乐，更且感叹。乐的是古人也是往往不讲严谨，慧远与陶潜虽然是同一时期人，且同住在庐山一带，然两人却素无来往，并未谋面，记得我以前曾有文字谈及此事。而陆修静到庐山时，慧远大师和陶渊明过世大约有半个世纪了，哪里来的三人晤谈？只是唐代就有了这个传说，想来自南朝以降，儒释道三教合一的想象，便一直成为中国高士的理想。我素喜渊明，也崇尚汤用彤先生写慧远大师："影不出山，迹不入俗，而佛法自隆。其曰苟会之有宗，则百家同致。"念及云林有明月，笑我不空无，遂因其意填词。

最高楼　因果费思量

2020. 11. 05

疏宕处，浑似少年郎。谈笑看秋阳。
夜阑声寂闻诗语，暮云风树菊留香。
但从容，知进止，不须忙。

胸襟旷、更澄怀素雪。宛然是、碧穹人似月。
拂帘幌、坠篱墙。
书生尽许君王事，如何落笔写西厢。
守真纯，行善意，莫逢场。

附记

观美利坚大选，看两位年逾古稀的老人还这么拼，真是令人感叹。寻常说富贵如浮云，粪土当年万户侯，只怕是没有成尘土都不肯收手，真的富贵了就难有平常心。孰为因果？想到《梁书·范缜传》里说：“人之生譬如一树花，同发一枝，俱开一蒂，随风而堕，自有拂帘幌坠于茵席之上，自有关篱墙落于粪溷之侧。……贵贱虽复殊途，因果竟在何处？”范缜虽然不信因果，但他所说的也还是有因果。昨日一天连开四个会，节奏一紧张果然就牙龈肿痛。友人之间谈及一句话，甚是赞许：有事做，不太累。这应该是现在追求的心态和境界，随写小词次韵辛弃疾。下片“墙”“厢”二字似乎比较难押，好在范缜的关篱墙，还有张生崔莺莺的西厢可用。

词二首　花期有待最知语

2020.11.06

其一　贺新郎

晨起凭谁语。看垂帘、曦光薄幕，暖阳如缕。
回顾喧哗皆浮世，一笑拈花有悟。
算甲子、几多寒暑。
但喜菊开还为我，更神龟、寿永身眠俯。
天下事，尽天数。

功名富贵归尘土。且自怜、风华雅吟，辞章清著。
沧海蜉蝣都沉寂，留得禅心几许。
养怡处、澹然空度。
情到老来知齐物，共佳人、相伴如儿女。
歌一曲，天知否。

其二　瑞鹤仙

清杯如玉斗。但放怀、苍发且进樽酒。
雅觞郁钟秀。聚五彩灯影，烛光红袖。

葡萄饮就。便说道、秋香时候。
甚楼台、鹤松龟龄，笑指一拈花手。

知否。暮霜朝露，冷雪晴云，倩谁厮守。
岁当恒久。夜自放、菊万寿。
最怜花知意，更闻花语，赏心无时亦有。
念此情、对酒当歌，自今往后。

附记

清早曦光几丝穿帘幕，却见露台上的万寿菊仿佛一夜绽放。旁边的小龟叠卧，怡静得其永年。浮出一句：但喜菊开还为我，神龟寿永。想年年今日都作《贺新郎》，今日当再为之。说来也称奇，家中有菊名曰万寿，前些天似乎有点蔫，近来渐渐回转，昨日夜间竟相绽放。当此之日很是应景，甚为感慨。有朋友见道："这花开得可是一点不早呢。"我回曰："它特意等我到现在。"于心下思忖，莫非真的是花知人意，特来为我庆生？草木亦有情，况复人乎？平日禁酒，夜里主动饮酒一杯。感万寿之菊，文竹之云片松，龟眠笃静，鹤龄松寿。上午填金缕曲，念及辛弃疾尝有寿词《瑞鹤仙》，今且取调次韵，再作自寿之词。

虞美人　花家山庄遇苏轼

2020. 11. 10

古来尽说湖山美。况复曦光里。
秋风吹尽又重来。潋滟犹当西子共徘徊。

山庄叙论华堂上。仿佛闻余唱。
使君相遇正其时。夜色人归波影若琉璃。

附记

西湖学研讨会在花家山庄召开，张市长曾分管杭州旅游园林及宗教，现在主持西湖研究会，承蒙其邀请做大会发言，我讲的主题是“建构西湖历史文化地标”。因限行一大早便驱车花家山庄，此处先前多次来过，早些年浙大传播所也曾在山庄开会，但每次都只是在山庄前面区域，从未更行深入山庄里面。花家山庄东览湖光秀色，西眺南山美景，依山傍水，更兼庄中自有天地。会议整整一天，基本上没有休息。诸家发言多有高论，感觉如西湖一般，山水明秀，晴雨好奇。

甚为称奇的是，竟然在此巧遇东坡先生，说来这事也是一番因缘。花家山庄所处的赤山埠，北宋时期乃是

“华严第一道场”高丽寺所在地，我前几年写高僧事迹，述及华严宗晋水净源大师曾涉此处。苏轼仕杭时间似乎要略迟个二三十年，他第二次到杭州是做知州，因疏浚西湖之需，欲掘寺旁赤山埠土筑堤，寺僧谓此处乃寺左护龙沙，力谏不可掘。苏轼许愿以身护法，故立护法像于寺内。清末寺毁，像亦不知所终。直到九百多年后，花家山庄施工，古寺遗址中出土塑像。历史文化，绵绵不断。心有所触，喟然而叹。苏轼有《虞美人》（湖山信是东南美）词，乃其初次仕杭时写于知府陈襄宴后，兹取其调并依其韵。

南浦　荷残菊香芦飞雪

2020. 11. 15

午后日暖，天青云淡。偕诗人余刚，西溪东门漫步西行。最喜秋尽江南却草木未凋，芦花飞白而菊香依旧。西溪路行行重行行，乃以其意入词。

暖日净晴空，更斜阳、一抹微云飞度。
秋尽未凋零，芳草外、谁约溪桥烟渚。
青山隐隐，迢迢碧水通南浦。
经岁经行行欲遍，行不尽江南路。

芦花如雪随风，菊留香、何况残荷听雨。
草木也知情，牵衣似、共我悄然私语。
往来几许。记得明月思千绪。
归梦清怀依旧在，方暮色阑珊处。

虞美人　感忆与慧悟

2020. 11. 18

夜阑声寂闻张歙。逆旅身如客。
天涯咫尺梦中来。凭寄一溪风月暂栖怀。

闲情渺渺常凝伫。清绪思吟赋。
晓窗初照又良辰。知是因缘注定若回轮。

附记

近来多言及文化记忆。扬·阿斯曼认为，文化记忆展示了日常世界中被忽略的维度和其他潜在的可能性，从而对日常世界进行了拓展或者补充，由此补救了存在（dasein）在日常中所遭到的删减。人类生命通过文化记忆，获得了在文化进化的任何阶段都可保有的双重维度性或曰双重时间性。

人在某个阶段会沉迷于深奥的理论性思考，会感觉没有概念就无法延展理论思维。但过了那个阶段，又开始回归到颇具感性的叙事形态，会意识到概念的局限和概念间的重叠。现在越来越喜欢那些禅宗公案话头了，感性而又充满慧悟。记得某日给学院里教师开会，忘记什么事情让我突生联想，讲到有僧问赵州：“如何是佛祖西来意?”赵州和尚答曰：“庭前柏树子。”我自说自话，颇有兴致，看对面老师似乎一脸茫然。其实赵州和尚的回答，就是超越概念的启悟。夜深人静思绪万千，浮生逆旅，想来世事轮回，万般皆本于此。因以吉辰次韵。

词二首　秋源觅霜叶

2020. 11. 21

日前偶偕友人，秋尽觅踪深幽，山色萧肃，一抹霜红宛如初冬柔情。乃次韵晏几道《两同心》词。寻再用吴文英韵填《新雁过妆楼》，调不同而取意同。

其一　两同心

仙源秋迹，径树松门。
崎路远、谷回川迴，山竦峙、屏绝烟尘。
堪寻访、九曲溪流，始及云门。

唤我简茗瓢尊。且寄清魂。
看石出、水何澹澹，晚风静、阒寂黄昏。
更霜叶、偶尔香红，暮色柔痕。

其二　新雁过妆楼

渐觉清寒。潇洒处、风流一笑残年。
景随深致，任从水绕山环。

最是秋怀思欲醉，醉时似若水云间。
应无眠。几番夜月，清影阑干。

溯源寻踪雅趣，看素妆淡抹，岭树璇娟。
澹然清寂，崖壁竦峙云天。
霜红怡情点染，更妩媚一丝如鬓鬟。
舒襟袖、问琼仙何处、寄语飞鸾。

七律　雪令红叶有思

2020. 11. 22

夜梦归来颇为欣喜，晓阴当令小雪。悠然思及秋来红叶，日前曾谈及陆游记梦诗“感义怀恩如挟纩”之句，乃以此入诗。又尝谓庄子语：“鱼相忘乎江湖，人相忘乎道术。”说来世事有相忘也有相望，而忘与忘亦有所异，何况望乎？世事人情，每相望以清，相忘以浊，泯然忘于道。因以为律诗。

秋残雪令寒天色，风静沉阴有绪飔。
夜梦归来犹浅笑，晓颜挟纩愈柔姿。
江湖波冷鱼相忘，浊世泉清若有思。
但为闲情红一叶，还凭节气赋新诗。

瑞鹤仙　苍山清寂红叶

2020. 11. 27

昨日微雨初收，晓气清润。适从西山，薄寒远云深沉，苍峦逶迤。冬初草木依旧，红叶粲然温蕴，余深爱其致。欲以为诗词，然思绪飘逸未就。闻西人感恩之节，素以仁者乐山自许，今又与云山相约。感恩造物的赐予，感恩生命中的相逢，感悟佛陀的指引。今日续以《瑞鹤仙》，此调又名《一捻红》，颇为凑趣。

晓寒天冷峻。正微雨方收，湿涵清润。
峦云宛如鬓。便冬初时节，苍山音讯。
思怀隐隐。念旧约、何人寻问。
算重来、幽僻尘烟，总是萦回方寸。

秾俊。飘红一叶，摇曳如期，最相亲近。
霜浓未损。经秋后，愈温蕴。
解释风华处，短歌长叙，记取兰章雅韵。
更凝眸、沉静无言，几番默忖。

意难忘　陆游故里随思

2020. 11. 29

寥落寒秋。看一丛冷树，几处残丘。
茅檐人寂寞，荒草蓄清愁。
凭吊处、水空流。野芦小汀洲。
往事远、萧条鬓发，销尽鱼钩。

镜湖犹叹封侯。梦汉唐故地，匹马梁州。
关山明月在，千里忆貂裘。
情放旷、意温柔。沈园旧曾游。
念放翁、男儿亘古，独擅风流。

附记

昨日会议间歇匆匆寻山阴旧迹。李白诗中谓：“我欲因之梦吴越，一夜飞度镜湖月。”又陆游词中说：“镜湖元自属闲人，又何必、官家赐与。”早年读之对镜湖便有神往，镜即鉴也，故镜湖亦称鉴湖。网上问会稽老校友赵兄斌涛，云正在陆游故里，对面便是镜湖也。乃驱车前往，端得是个好去处，清寂无人，偶有钓者垂纶，正合我等喜清静之人。

陆游是值得大书一笔的文化人物，若论两宋诗文，他断不输苏轼。他是有意要作诗流芳后世的，所以晚年自己编了集子，自谓六十年间万首诗。其词没有这么多，但写得也很好，“关河梦断何处？尘暗旧貂裘”“此生谁料，心在天山，身老沧州”，这是我早年熟稔的词中佳句。只是一般人到绍兴，说起陆游总是联系到沈园，实际上那个沈家园子，只是陆游偶尔游赏，遇到了前妻唐琬处。偏他俩都十分钟情多才，各自分别写了首《钗头凤》词，缠绵悱恻感伤无比，后世传为爱情佳话。据说没有多久，已再嫁他人的唐琬便忧愁而逝。四十多年后，陆游 75 岁再游沈园，写了《沈园二首》绝句，极富情致。又过了数年，他 81 岁那年说自己梦到沈园，又写了两首也很精彩。

宋人不像唐人那么随兴，往往用词写男女之情，用诗写理趣胸怀。宋诗写情少有出彩者，所以钱钟书说，如果不是陆游这几首爱情诗，宋诗就没有什么像样的情诗可言。梁启超赞许陆游：“亘古男儿一放翁。”陆游真可谓是个奇男子，他长寿，创作力旺盛，极具感发性想象力，随便什么都能够联想到抗敌。他的记梦诗特别多，豪气无比，却又情意缠绵，不然八十多岁老人如何写出那样的情诗？在鉴湖边流连，遥想八百多年前那位老诗人，一生英雄杀敌梦，一世风流难忘情，特选《意难忘》词牌，此调初见于苏轼，然宋人少用之，正合于放翁。

意难忘　梵净山云舍村

2020.11.30

夜宿梵净山下，犹思白天云舍村的静谧，想象之中如藐姑射之山，又如是桃花源中人。昨日写陆放翁《意难忘》词出，蒙多位词友雅和，今再叠用原韵咏云舍村。

漫渺春秋。近梵山净土，姑射玄丘。
红尘超绝处，不见有人愁。
清浊气、渡慈舟。碧潭入萍洲。
寂静时、空山照影，夜月银钩。

寄身何必王侯。但纤尘不染，若似琼州。
瓠瓢随饮水，简帽旧衣裘。
颜色润、语声柔。遐思尽悠游。
且羡他、濯缨濯足，溅溅长流。

徵招　节令大雪

2020. 12. 07

日前偶染风寒，乏力几天，倒也完成了一个欠账。写乌兹别克的文字，令人想到格鲁塞的《草原帝国》。那神秘的花剌子模故地和帖木儿帝国，总算是理出点头绪，却令感冒之人有些宽慰。午后本欲了却下一个欠账，想想不如重拾诗笔填首词。正好借白石自度曲《徵招》之调，却用赵以夫韵相次。

冻云黯淡天光失，飘然旧时衣袂。
举目远苍山，肃杀无空翠。
郁怀萧瑟起。更谁念、桃源人意。
但有楼前，两行霜树，一溪流水。

襟薄染风寒，登高处、何堪眼中心里。
雪令正当时，落花残冷砌。
问君多少事？漫留得、逸情闲思。
日将暮、兀自暖风，掷笔犹斜倚。

角招　寄怀山林缥缈

2020. 12. 10

前日填过姜白石《徵招》，便有意再填一首其自度之《角招》。白石以此调怀友人，余甚爱其小序，“吹香薄人”“怅然有怀”“极有山林缥渺之思”云云。昨夜乃原其意，亦以此调怀人寄友。

竹松瘦。犹怜冷韵吹梅，野苇疏柳。
远山含近岫。草色未凋，还与携手。
吟思引久。尽兴致、风清畴亩。
薄雾云纱弥漫，微闻雀语轻声，几番曾回首。

惟有。郁驼鹤袖。丰神雅淡，蕴香涵深秀。
念寒波玉溜。暖意随人，萦怀时候。
闲谭絮旧。且一饮、尊茶当酒。
乐哉鸾鸣凤奏。俯流水，仰高山，逢知友。

浣溪沙二首　茶道如渊

2020. 12. 13

其一

暖日穿云散晓寒。偶行随兴子陵滩。
情兼古韵意弥漫。

新看粉香溶玉液，旧闻雪沫乳青盘。
始知坡老味清欢。

其二

竹径蜿蜒几树花。野无声影径无车。
山畤堪种邵平瓜。

斜日觉来三五韵，旧壶煮就一杯茶。
隐栖清境好安家。

附记

大清谷看泰康的康养社区，又往径山竹茶园，亲试宋代的点茶，竟然一解我四十年来困惑。昔读苏轼《浣溪沙》（细雨斜风作晓寒）词，“雪沫乳花浮午盏”，历来学者只说是午间煎茶而饮，但于雪沫乳花语焉不详。其实古人饮茶与今人大不相同。古时不似今人泡水喝，唐煮宋点明冲泡，唐人煮茶如粥，宋人则煎茶而饮，时已盛行点茶。那时的茶都如今天普洱一样是茶饼，苏轼诗中就多次提及“龙团茶”“月兔茶”等，泡茶是明代才兴起的。宋人点茶是着茶粉于茶盏，冲入沸水，再以茶筅迅击打茶汤，如是反复成泡沫，雪白如乳方算是好茶，苏轼诗不止一次写到浮花乳雪。点茶之后便是分茶，陆游诗中谓：“矮纸斜行闲作草，晴窗细乳戏分茶。”分茶是一种高雅的游戏，即以茶为墨，在茶汤乳沫上写字作画，又称作“茶百戏”，宋人斗茶便是以此分高下。几年前光泉法师曾告我，日本人于径山得茶种、茶具、茶式、茶仪，乃成其茶道。我后来将其写入东南佛国文趣中，今日略知茶道渊深，寻思写佛国文化一定要写禅茶。早晚心怀舒畅，先前字节跳动抖音采访，懒懒未曾作答，归来两千字一挥而就。再依韵苏轼茶韵词作《浣溪沙》两首。子陵滩、邵平瓜两个典故，竟然也颇为合适。

蓦山溪　冬日暖阳怡心

2020. 12. 16

昨天进入冬月，偏是阴郁了多日的天空，难得一见灿烂的阳光，颇有如沐春风之感。江南入冬依然草绿树青，竹影云山，岸柳苇花。问景觅幽静，山光水色令人舒怀。阳光洒落水中，有如范文正语浮光跃金，李易安言落日熔金。闲逸此情，乐哉此心，颇觉意融于景境似金。填词援以其意。

暖阳冬日，天淡何明煦。
随兴觅幽清，偶然得、湖山佳处。
浮光跃影，沉碧静熔金，沐惠泽，看苍山，
闲话湖边树。

平生得意，风致常回顾。
心润远尘音，但指点、苇花几许。
修纤翠竹，俯仰也从容，云晖近，愈思深，
不觉斜阳暮。

鹧鸪天　旧梦写新词

2020. 12. 20

在湄潭小学跟孩子们讲辛弃疾，忆及少年往事。尝谓稼轩《鹧鸪天》（壮岁旌旗拥万夫）词，最能概括其身世。昨日原想围绕此词讲稼轩故事，后来竟没有按照原设想去讲。想来人生总是这样，一如早年有过的梦想，漫漫人生途中总会有这样那样的改变。少年慷慨英雄梦，历经沧桑思闲逸。恰日前与友人言及庄子，谓藐姑射之山，有神人居焉，尧往见之，窅然丧其天下焉。今日晨醒，乃以之入词次稼轩韵。

指点江山堪丈夫。浩然风发忆当初。
壮怀慷慨含清泪，斑鬓沧桑问藐姑。

念旧事，但支吾。湄潭寒夜冷头须。
吹残仗剑英雄梦，留得灯前一卷书。

诗词二首　海龙屯

2020. 12. 21

破阵子

一线雄关叠峙，四朝几世经营。
三十六天梯险峻，七百年锋影镝声。
枭雄十万兵。

千里烽烟传檄，三重龙虎堪惊。
血染苔痕凝老树，石冷悬冰隐旧名。
残垣野草生。

附记

世界文化遗产海龙屯，是亚洲最大的古代军事要塞，藏于深山险峰之上，历经四百余年方为考古发现。要塞险隘，一线通道，数重关口，飞龙飞虎飞凤，叠峙山道之上。晚唐以来朝廷以夷制夷，杨氏世袭播州宣慰使，海龙屯经唐宋元明四个朝代七百余年经营，成为播州土司最后的据点。直到明代万历年间，杨应龙起兵对抗朝廷，明朝调集八省十五州共二十四万兵马，八路大军并进合围，攻陷播州屏障娄山关直趋海龙屯，对峙一百一十四天，明军方攻上山，焚毁宫室，前后掩杀十余万人，是为播州之役。此战明廷耗银二百余万两，几乎耗尽军力财力，府库空虚，致使东北边备削弱，是明清兴衰替代的转折点，故有明实亡于万历之说。昨日趋遵义机场途径海龙屯，登临颇多感慨。夜归杭再次韵稼轩《破阵子》（醉里挑灯看剑）。今日冬至，阳光灿烂，写罢海龙屯又作律诗。

四朝险隘旧经营，浴血枭雄十万兵。
残月一弯寒剑影，烽烟千里冷边声。
苍苔乱石还无恨，垂泪悬冰应有情。
断壁斜阳空感叹，海龙屯上草枯荣。

万年欢　庄周清梦游仙

2020. 12. 25

日影华晖。是今宵昨夜，凤彩朱蕤。
饮露餐风，犹若姑射冰姿。
乘御游乎四海，有云气，绰约瑶扉。
神凝也、汾水之阳，磅礴万物而归。

窅然丧天下焉，问尧治其民，往者何追。
灵秀清英高洁，兰苑仙滋。
万化参差与共，念无俗、幻绝尘思。
优游处、蝶梦来时，浮世盘嬉。

附记

昨夜今宵，平安夜圣诞节，却见众皆欢欣。原本无意西人之节，然想众生之欢，原是自然心愿，圣与老庄将无同，佛陀基督也如是。因念日间曾谈及庄子《逍遥游》，那个嘲笑过孔丘的楚狂接舆说："藐姑射之山，有神人居焉，肌肤如冰雪，绰约如处子。不食五谷，吸风饮露，乘云气，御飞龙，而游乎四海之外。"尧被誉为上古圣人，治天下之民，平海内之政，往而见之，汾水之阳，杳然丧其天下焉。长春真人丘处机有《无俗念》词，赞姑射真人，“天姿灵秀，意气舒高洁。万蕊参差谁信道，不与群芳同列。浩气清英，仙材卓荦，下土难分别。瑶台归去，洞天方看清绝”。适昨夜今宵清梦如幻，新年即至宜为词。恰布里斯班莺莺小姐有《万年欢》词，吾谓当续以其韵，是以融合庄子作游仙词。

万年欢　西溪四十三年

2020. 12. 30

晨观草儿发同学少年时照片，不觉已四十三年。恰昨日同窗夜饮，诸君多所感慨，席间与自亮、余刚两位诗人拍张照片。今观旧照想到稼轩词中谓：“四十三年，望中犹见，烽火扬州路。”却是应景今昔对比。乃再用《万年欢》仄韵填词。韵次宋人晁补之，唯晁词上片末韵凝字出韵，易以影字，余皆从之。

四十三年，忆西溪同游，旧时风景。
意气风华，苍发宛然清镜。
放旷元龙气概，更指点、江山殊胜。
渺长空、保俶长歌，目送秋雁云影。

夜阑酒意微醒。正清寒冷霄，晓月残更。
斑鬓回眸，记得几曾露颖。
一点壮怀古意，尽化作、东篱逸兴。
且赋就、雅韵清辞，惟愿身健人永。

词二首　夜雪自清欢

2020. 12. 31

忆秦娥

冬寒切。最怜竹影归时月。
归时月。春来秋去，念她圆缺。

月如竹韵亦清绝。思回夜雨江南雪。
江南雪。飘然入梦，梦怀吟阙。

附记

又到一年最后之日，晨醒见晓虹和湘明作《忆秦娥》词，念及前夜归时天空飘雪，又昨日傍晚驱车之际，但见一轮圆月硕大泛黄，更有日间暖阳竹影令人怡心。夜雪明月竹影，皆为所爱也，因以次韵。午后则填词追记29日诸君聚会之趣，时蒙老校友璇辉兄相召，与晋川、赵红、雪源、惕平、任平、一平、美华、加红、建华、邹晏、吴诚、得时、留群各位，共聚黄龙。是颂岁迎新，红姐谓当着红衣，众皆欢畅。恰月建适子，正当十五。归时夜雪飘飞，溪流灯影，意欲集诸君之名入词。宋人有《无闷》调，始自北宋周邦彦词："要无闷、除是拥炉对酒，共谭风月。"清人初不知此词，故《钦定词谱》以南宋程垓词为其源。今悉依周邦彦原调，并次以其韵，聊写众人欢愉无闷之情也。

无闷

英迈风华，远逸晋川，数枝红簇联结。
念黄龙璇辉，别样清阔。
夜隐溪源塔影，向保俶遥对溪桥雪。
更留恋、恍若当时记忆，几多寒热。

殷切。任和平，享一平，欢愉休言轻别。
正当是、花期月建堪折。
诚约留群入梦，梦里愈华美，得其时节。
兴犹在、惕平晏然有意，笑谭风月。